Dieter Reinecker

Und Eva sagte

Bibel-Geschichten für Erwachsene (Mose 1-5)

Bibliografische Information der Deutschen Nationalbibliothek:
Die Deutsche Nationalbibliothek verzeichnet diese Publikation in der Deutschen Nationalbibliografie; detaillierte bibliografische Daten sind im Internet über http://dnb.dnb.de abrufbar.

Herstellung und Verlag: BoD – Books on Demand, Norderstedt

ISBN: 978-3-7386-2911-8

INHALT

HINWEIS

Alle Bibel-Geschichten sind frei erfunden. Entlehnungen und Belege finden Sie im Anschluss an die Geschichten unter der Rubrik: Textnachweise.

DAS PARADIES

„ … und schuf sie als Mann und Weib und segnete sie und gab ihnen den Namen »Mensch«, zurzeit, da sie geschaffen wurden." (1)

„Du, Mensch, hallo, ich bin auch Mensch, dein Weib. Willst du mich nicht in den Arm nehmen?"„Ja schon, aber das habe ich noch nie gemacht. Tut das weh?" „Nein, ganz sicher nicht. Also höchstwahrscheinlich nicht, glaube ich jedenfalls… Außerdem weiß ich gar nicht, was du mit »weh« eigentlich meinst." Da ging Adam auf sie zu und umarmte sie, aber so fest, dass sie schrie: „Aua, du tust mir weh!" „Entschuldige, aber es ist das erste Mal, dass ich ein Weib umarme." „Entschuldige? Was soll der Quatsch. Wir sind doch im Paradies. Da gibt es doch noch gar keine Schuld, also kannst du dich auch nicht entschuldigen. Und außerdem: Was soll das heißen? Ein Weib. Du kannst doch nur meinen: Mein Weib!" „Viele Alternativen gibt es ja nicht." Er schmunzelte. „Wir sind im Paradies, also lasst uns nicht gleich im ersten Gespräch miteinander streiten. Komm, wir gehen spazieren und schauen uns das Paradies mal an." Sie nahmen sich an die Hand und schritten, wie Gott sie schuf, nebeneinander durch das hohe Gras. „Ist es nicht wunderbar? Das ist alles nur für uns zwei. Jetzt können wir überall hingehen, wohin wir wollen." „Ja und dann?" fragte Adam zurück. (Mensch heißt auf Hebräisch Adam) „Warum bist du nur so missmutig,

Adam?", fragte sie und zog ihre Augenbrauen hoch. „Ich denke nur nach. Du hast noch keinen Namen, verstehst du?" „Ich lebe, reicht dir das nicht?" Sie fühlte sich dabei irgendwie unwohl. „Das ist eine gute Idee. Lebendig, das heißt auf Hebräisch Eva. Du bist Eva und du wirst die Mutter aller Menschen." Er atmete tief durch und sein Brustkorb wölbte sich, so stolz war er auf seine Namenserfindung. „Den Namen finde ich gut, Adam. Das passt auch irgendwie, Adam und Eva. Schön. Aber wie kommst du auf Hebräisch?" „Ich bin ja schon ein Tag älter als du und ich hatte einen ersten Traum. In diesem Traum sah ich ein ganzes Volk von Menschen und ihre Sprache nannten sie hebräisch. Aber, dass wir uns verstehen, ist schon wundersam genug. Das muss unser Schöpfer uns gleichzeitig mitgegeben haben. Ich habe keine andere Erklärung." Adam wurde nachdenklich. Er blieb stehen und schaute Eva direkt in die Augen. „Du bist ein erwachsener, im wahrsten Sinne des Wortes ein gut gebauter Mann, aber erst ein Tag alt." „Und du hast heute Geburtstag, also Schöpfungstag. Oder wie soll ich das sagen. Und du bist auch wirklich gut gelungen. Mein Kompliment!" Adam schob langsam seinen Kopf zu ihrem hinüber und küsste vorsichtig ihren roten Mund, der sich ein wenig von ihrer schokoladenbraunen Haut absetzte. Sie spürte, wie ihr Gesicht anfing zu glühen. Sie erlebte zum ersten Mal ein Gefühl, das sie bisher nicht kannte, ja auch gar nicht kennen konnte. Gleichzeitig spürte sie eine gewisse Art von Neugier. Adam trat einen Schritt zurück und schüttelte leicht den Kopf. „Ich habe Gefühle. Mein Verstand versagt. Ich verstehe mich überhaupt nicht mehr. Was ist passiert?" „Wir haben uns verliebt", und ihr liefen die ersten Tränen über ihre Wangen. Jetzt umarmte er sie, ohne ihr weh zu tun und spürte bewusst ihre Haut und dass sie duftete, wie alle Blumen um ihn herum, aber gleichzeitig, als umhüllten die Düfte ihre Körper wie ein Morgennebel. Nun ergriff sie seine Hand und zog ihn hinter sich her, ließ ihn los und begann zu hüpfen, zu springen und rennen. Und er rannte hinter ihr her. Sie wunderte sich über die neue Art der Geschwindigkeit, schaute erfüllt in den strahlend blauen Himmel und stolperte. Sie fiel weich und landete auf ihrem Rücken. Adam konnte so gerade noch vor ihr bremsen, kniete nieder und legte sich neben sie. Sie drehte sich ihm zu und fand sich auf ihm liegend wieder. Sie wussten nicht, was sie taten, aber sie liebten sich. Nach einer gefühlten Ewigkeit setzten sie sich hin, schauten sich an und lauschten nach diesen merkwürdigen Geräuschen aus ihrem Körper. „Ich glaube, ich habe Hunger", sagte sie leise. „Wenn das Hunger ist, dann habe ich das auch", antwortete er und zog die Stirn in Falten. „Du weißt nicht, was man dagegen machen soll, nicht wahr?" Er nickte. Er musste daran denken, was Gott, der Herr, ihm auf den Weg ins Paradies mitgegeben hatte, dass er von allen Bäumen des Garten Eden die Früchte essen dürfe, aber nicht vom Baum der Erkenntnis des Guten und des Bösen. Laut zitierte er die Worte des Herrn: „Denn an dem Tage, da du von ihm isst, musst du des Todes sterben." (2) Sie schaute ihn erschrocken an. „Was redest du denn da. Ich bin noch nicht mal einen Tag alt und dann kommst du jetzt mit der Drohung einer Todesstrafe. Ich kann das nicht glauben, die Todesstrafe im Paradies. Das kann doch wohl nicht dein Ernst sein." Adam schaute sie ungläubig an. Dann erhob er sich und sagte laut, lauter als vorher, wobei er in den Himmel schaute: „Nicht ich, das war Gott, der Herr, der mir das sagte, ich dürfe von allen Bäumen des Gartens essen, aber nicht von diesem einen da, der da hinten steht und besonders einladend aussieht. Das ist der Baum der Erkenntnis des Guten und des Bösen. Wenn ich davon esse, müsse ich des Todes sterben!" Seine Stimme hatte begonnen zu zittern und er spürte Schweiß in seinen Händen. „Jetzt beruhige dich erst einmal." Auch sie stand auf, ergriff mit beiden Händen seine Hände und drückte sie fest. „Bevor wir anfangen, etwas zu essen, erkläre mir erst einmal, was sterben ist und der Tod." „So genau weiß ich das auch nicht", antwortete er etwas entkrampfter. „Ich kann mir das nur so erklären, dass ich wieder irgendwie zurückgebaut werde oder so." „Hm, merkwürdig. Also, das möchte ich auf gar keinen Fall. Adam, ich liebe dich. Versprich mir, nicht von diesem verbotenen Baum auch nur eine Frucht zu essen.

Geht das klar?" „Geht klar. Ich liebe dich auch. Komm, wir schauen mal, ob die anderen Früchte auch schmecken." Sie fassten sich wieder an die Hände und suchten gemeinsam nach Früchten, die sie ohne Mühe pflücken konnten. Sie schmeckten süß und es dauerte nicht lange, da wölbten sich ihre Bäuche und sie legten sich unter einen Baum und schliefen ein. Es wurde langsam dunkel und die Nacht überzog das Paradies mit einem warmen aber dunklen Schleier. Als die Sonne durch den noch finsteren Himmelsvorhang kroch und auf ihre Gesichter die ersten Strahlen schickte, wachte Eva auf. Sie betrachtete den schlafenden Adam und sie konnte ihr Glück kaum fassen. Es war so still, dass sie das ruhige Atmen Adams vernahm. Vorsichtig erhob sie sich und schritt möglichst leise durch das noch schattige und feuchte Gras, das ihr bis zu den Knöcheln reichte. Neugierig lief sie immer weiter, bis sie aus der Sichtweite von Adam war. Sie hatte keine Angst, denn außer ihrem Geliebten war ja niemand im Paradies.

DER SÜNDENFALL

Wovor sollte Eva sich auch fürchten? Sie hatte doch keine Feinde. Doch plötzlich raschelte es direkt vor ihren Füßen und sie hörte eine Stimme, aber eine andere als die von Adam, höher und piepsiger. Ein kugeliger Kopf erhob sich aus dem Gras und der Rest war eine Schlange, wie jeder sie kennt, nur Eva nicht.

Sie sah solch ein Tier zum ersten Mal. „Sieh, du stehst genau vor diesem Baum. Weißt du, was das für dich bedeutet?" fragte die Schlange. „Ja, du merkwürdiges Wesen. Von diesem Baum darf man keine Früchte essen, weil man sonst sterben muss, hat Gott, der Herr, dem Adam gesagt. Und Adam hat die Wahrheit gesagt. Davon bin ich überzeugt." „Davon bin ich auch überzeugt. Aber ich weiß auch, warum Gott, der Herr, verboten hat, von diesem Baum zu naschen. Willst du das wissen?" fragte die schlaue Schlange. „Natürlich, los, sag es!" forderte Eva drängend. „Sobald ihr nämlich von diesem Baum eine Frucht esst, werden eure Augen aufgetan und ihr werdet sein wie Gott und wissen, was gut und böse ist."(3) Da dachte Eva nach. Sie wusste nicht, was gut ist, woher auch? Und böse, das kannte sie nur als Worthülse. Auch Gott kannte sie nicht. Aber ihr war schon bewusst, dass er sehr mächtig sein musste, da er ja Adam und aus ihm sie geschaffen hatte. Hat wenigstens Adam so gesagt. Jetzt verstand sie, warum Adam ihr das mit dem Sterben gesagt hatte: Weil er ihr Angst machen wollte, weil er selbst Angst hatte. Sie lebten im Paradies und sollten erstens Angst haben und zweitens dumm und unwissend bleiben. Da passte etwas nicht zusammen. Und außerdem, warum sollte sie dem Adam gehorchen? Nur weil er einen Tag vor ihr zum Leben erweckt worden war, oder weil er etwa ein Mann war? „Ich glaube, du hast Recht. Und ich werde mich nicht unterdrücken lassen und ich will, dass auch Adam wissen soll, was gut und böse ist." „Außerdem", sagte die Schlange, „ihr werdet nicht des Todes sterben." Das schien Eva zu überzeugen. Also ergriff sie zwei Früchte, eine für sich und eine für Adam. In diesem Moment sah sie ihn auch schon ankommen, hielt ihm eine der verlockenden Früchte entgegen und sagte: „Komm Adam, stell dich nicht so an. Hier nimm und iss, denn man hat mir gesagt, wir werden nicht sterben (4), sondern erkennen, was gut und böse ist. Und dann sind wir wie Gott." Sie biss herzhaft in ihre leuchtend rot-orange Frucht, dass ihr der Saft aus dem süßen Mund quoll. Adam sah, wie sie die Frucht genoss und biss auch in seine leuchtende Furcht. Nun schauten sie sich gegenseitig an und sahen, dass sie nackt waren. Gleichzeitig drehten sie sich um und rannten in entgegengesetzter Richtung, suchten Blätter und banden sie zu einer Schürze. Als sie fertig waren, hörten sie die Stimme des Herrn und versteckten sich hinter einem dicken Baum. Doch durch das Dickicht der Büsche sprach Gott, der Herr: „Adam, hast du etwa von dem Baum gegessen, von dem ich dir gebot, du solltest nicht davon essen?" Adam hielt mit beiden Händen seine Schürze fest, denn er schämte sich wegen seiner Nacktheit. „Das Weib, es war das Weib, das du mir zugesellt hattest. Das gab mir von dem Baum und ich aß."(5) Da wandte sich Gott der Herr an das Weib: „Warum hast du das getan?" Das

Weib sprach: „Die Schlange betrog mich, so dass ich aß." (6) Und zum Weibe sprach er: „Ich will dir viel Mühsal schaffen, wenn du schwanger wirst; unter Mühen sollst du Kinder gebären. Und dein Verlangen soll nach deinem Manne sein, aber er soll dein Herr sein." (7) Eva schaute Adam an und verstand die Welt nicht mehr. Sie hatte mindestens mit ihrem Tod gerechnet. Hatte nun Adam sie belogen? Hatte er Gott nicht richtig verstanden oder hat Gott da nur brutale Angst geschürt? Nun gut, sagte sie sich, ich lebe weiter und das mit den Kindern kann ich mir ja noch einmal in aller Ruhe überlegen. Aber, dass nun Adam mein Herr sein soll, das kann er sich abschminken. Und dann erfuhr sie, dass Gott, der Herr, auch Adam nicht sterben ließ, sondern ihn verurteilte, mit Mühsal, wie Gott sich ausdrückte, solle er sich von dem Acker ernähren und das Kraut auf dem Felde essen. Und zum Schluss meinte Gott: „Denn du bist Erde und sollst zu Erde werden." (8) Da atmete Eva auf, denn Gott, der Herr, schien ihnen nur Angst machen zu wollen und nicht zu töten. Und er trieb den Menschen hinaus und ließ lagern vor dem Garten Eden die Cherubim, Engel in Menschengestalt mit Flügeln, mit dem flammenden, blitzenden Schwert, zu bewachen den Weg zu dem Baum des Lebens. (9) Adam und Eva fanden sich plötzlich außerhalb des Paradieses wieder und schauten sich verdutzt an. Als erste schaffte es Eva, noch ganz aufgeregt, wieder zu sprechen. „Du, Adam, wir leben.

Gott, der Herr, hat uns nur Angst gemacht und uns nicht getötet. Da hat die Schlange also Recht gehabt. OK, wir sind nicht wie Gott, aber wir können nun erkennen, ob etwas gut oder böse ist." Da meinte Adam, ihr beipflichtend: „Es ist jedenfalls gut, dass Gott, der Herr, die Todesstrafe in lebenslänglich umgewandelt hat. Das sollte der kommenden Menschheit ein Vorbild sein. Nur ich vermute, dass sich nicht viele daran halten werden." „Da könntest du Recht haben. Ich kann mir gut vorstellen, dass viele sagen werden, dass es bereits im Paradies die Todesstrafe gab. Warum dann nicht erst recht außerhalb des Paradieses." „Das werden wir nie erfahren, Eva. Es ist auch nicht unser Problem." „Du hättest mich niemals bestraft. Strafe muss also eine Erfindung Gottes sein. Ich finde Strafen überflüssig, wenn man weiß, was gut und böse ist." Eva setzte sich ins hohe Gras, schaute in den hellblauen Himmel und lauschte dem Vogelgezwitscher. Adam setzte sich neben sie und genoss sein neues Leben. Dann sprach er zu Eva: „Wenn wir nun nicht vom Baum der Erkenntnis gegessen hätten, würden wir noch im Paradies leben, oder?" Eva dachte nach. „Aber überleg mal, Adam. Wenn du nicht die Frucht dieses Baumes gegessen hättest, wärest du im Paradies geblieben und mich hätte Gott, der Herr, hinaus geworfen. Wie du siehst, hatte ich, und wenn man es genau nimmt, auch du keine Wahl, etwas anderes zu tun. Du wärest allein im Paradies geblieben und ich alleine draußen." „Aber ob ich alleine geblieben wäre, das ist eine Frage, die wir hier und jetzt und nie klären werden. Vielleicht hätte mir Gott eine neue Frau aus mir gebaut." „Das könnte dir so passen. Und vielleicht noch drei weitere. Man weiß ja nie, Gott, der Herr, ist ja auch nur ein Mann oder auch nicht." „Jetzt lass es mal gut sein. Du hast keinen Grund zur Eifersucht. Ich bin ja jetzt bei dir und wir bleiben bis an unser Lebensende zusammen und gründen fleißig die neue Menschheit." Er schmunzelte. Er nahm sie in den Arm und küsste sie, bis ihr schwindelig wurde. Dann erhoben sie sich und erkundeten ihre neue Welt. „Du, Adam, ich überlege die ganze Zeit, dass mir alles ein wenig verdreht vorkommt", sagte beiläufig Eva. „Das verstehe ich nicht. Wie meinst du das?" „Also: Der Herr, der Gott, hat dir und damit auch mir verboten, vom Baum der Erkenntnis zu essen. Die Erkenntnis sollte sein, den Unterschied von gut und böse zu erfahren." „Ja und? Wir haben dagegen verstoßen." „Das ist schon richtig. Und er hat ein Missachten seines Verbotes unter Strafe gestellt. Wir sollten sogar sterben." „Was, Gott sei Dank, nicht geschehen ist. Aber worauf willst du hinaus?" „Eigentlich hätte Gott uns zuerst vom Baum der Erkenntnis von Gut und Böse essen lassen sollen, damit wir erkennen können, ob es gut oder böse ist, von diesem Baum zu essen, verstehst du?" „Aber dann hätte er uns ja nicht bestrafen können, oder?" „Vielleicht. Jedenfalls hätten wir gewusst, ob es nun gut ist oder böse, Früchte von diesem verbotenen Baum zu essen. Aber weil wir nicht wussten, ob es gut oder böse ist, konnten wir uns weder für das Gute, noch für das Böse entscheiden. Höchstwahrscheinlich – also ich bin mir da doch sicher, hätte ich mich für das Gute entschieden." „Nach deiner Meinung hätten wir mit dem Wissen um das Gute nicht von diesem Baum gegessen und wären noch im Paradies." „Möglich wäre es", beendete Eva das Gespräch.

KAINS BRUDERMORD

Adam und Eva waren nicht untätig. Eva bekam zwei Kinder, beides Jungs. Den einen nannte sie Kain und den anderen Abel. Kain wurde Landwirt, würde man heute sagen, und Abel Schäfer. Die Jahre gingen ins Land und Kain kam auf die Idee, dem Herrgott ein Opfer von den Früchten des Feldes (10) zu bringen. Und auch Abel brachte von den Erstlingen seiner Herde und von ihrem Fett. Und der Herr sah gnädig an Abel und sein Opfer (11), aber Kain und sein Opfer sah er nicht gnädig an. Da ergrimmte Kain sehr und senkte finster seinen Blick. (12) Kain stand mutterseelenallein auf seinem riesigen Acker, der keine Grenzzäune brauchte, und hörte eine gewaltige Stimme, die ihn fragte, warum er denn so finster dreinschaue und den Kopf gesenkt halte. (13) Kain hatte es die Sprache verschlagen. Am liebsten hätte er geantwortet, dass er doch ein Opfer dargeboten habe, und das sogar als erster Mensch auf dieser Erde und keine Anerkennung erfahren habe. „Lieber Gott, ich bringe dir aus freien Stücken ein Opfer dar und du siehst es nicht gnädig an. (14) Ich kann es nicht verstehen!" Kain wurde wütend. Doch der Herrgott sagte: „Bist du nicht fromm, lauert die Sünde vor der Tür und nach dir hat sie Verlangen. Du aber herrsche über sie." (15) Das war nun doch zu viel für Kain. Erst wird sein Opfer nicht angenommen und dann wird ihm auch noch von höchster Instanz unterstellt, die Sünde stünde vor seiner Tür. In seiner ausweglosen Lage wuchs in ihm das Verlangen, sich aufzulehnen, sich zu rächen, den Bevorzugten zur Rede zu stellen. Er rief Abel zu sich aufs Feld und erschlug ihn. (16) Kain war völlig irritiert. Damit hatte er nicht gerechnet. Trotz weiterer Entfernung hatte Adam den Todesschrei von Abel gehört. Einen solchen Schrei kannte er nicht und rannte los. Er war noch außer Atem, als er bei Kain ankam. Kain kniete vor Abel, der lang ausgestreckt auf dem Boden lag, und konnte nicht begreifen, dass sich Abel nicht mehr bewegte. Er hatte noch nie einen Toten gesehen. „Was hast du getan, Kain?" schrie aufgebracht Adam. „In meiner Wut habe ich zugeschlagen. Ich wollte ihn nicht umbringen. Aber er fiel sofort um." Adam setzte sich und schaute auf das blutige Gesicht von Abel und begann zu leise zu weinen. „Ich verstehe dich nicht, Kain. Wie konntest du das tun? Ich bin nicht derjenige, der dich richten und verurteilen kann. Das bleibt die Aufgabe unseres Herrn. Unserem Gott wirst du nicht entrinnen können. Deine Mutter und mich hat er sogar aus dem Paradies vertrieben, nur weil wir vom verbotenen Baum die Früchte gegessen haben. Er hatte uns angedroht, des Todes zu sterben. Aber er hat davon Abstand genommen und uns nur hinausgeworfen." „Vater, ich wusste nicht um die Kraft meiner Faust und die Verletzlichkeit von Abel. Ich bin selbst sehr erschrocken. Ich gebe zu, dass ich wütend war. Gott der Herr hat mein Opfer, das ich sogar noch vor meinem Bruder dem Herrn dargeboten hatte, nicht angenommen. Das habe ich nicht verstanden und verkraftet." „Was hast du denn geopfert?" fragte Adam seinen Sohn. „Du weißt, ich bin Ackerbauer und ich habe die schönsten Früchte den Flammen preisgegeben." „Hast du ein Tier getötet?" „Nein." „Dann kann ich das noch weniger verstehen. Denn Abel ist Schäfer und hat ein Lamm getötet und es geopfert, indem er es verbrannt hat. Du hast kein Geschöpf Gottes, nämlich ein lebendiges Tier, getötet, sondern sogar im Sinne des Herrn gehandelt. Denn schon im Paradies sprach der Herr über unsere Speisen: »Sehet da, ich habe euch gegeben alle Pflanzen, die Samen bringen, auf der ganzen Erde und alle Bäume mit Früchten, die Samen bringen, zu eurer Speise.« (17) Ich glaube, dass das nicht nur für das Paradies galt, sondern, wie der Herr es ja sagte, für die ganze Erde. Danach hätte Gott der Herr eher das Opfer von Abel missbilligen müssen als deine Opfergabe. Er hat getötet und nicht du. Du fühltest dich ungerecht behandelt. Das hat dich wütend gemacht." Adam stand auf und schritt langsam den Weg zurück, den er gekommen war. Wie sollte er Eva den Tod ihres Sohnes schonend beibringen? Da öffnete sich über Kain der blaue Himmel und Gott, der Herr, sprach zu ihm: „Was hast du getan? Die Stimme des Blutes deines Bruders schreit zu mir von der Erde." (18) Verflucht seist du auf der Erde…" (19) Wenn du den Acker bebauen wirst, soll er dir hinfort seinen Ertrag nicht geben. Unstet und flüchtig sollst du sein auf Erden." (20) Viele Jahre vergingen. Kain durchquerte Wüsten und Oasen, fand keinen Ort der Ruhe, bis er eine Frau kennenlernte, die ihm einen Sohn gebar namens Henoch, der sogar eine ganze Stadt begründete. (21) Und Adam war 130 Jahre alt und zeugte einen Sohn, ihm gleich und nach seinem Bilde, und nannte ihn Set, (22) und lebte danach 800 Jahre und zeugte Söhne und Töchter, dass sein ganzes Alter ward 930 Jahre und starb. Es vergingen Tage, bis Eva sich wieder einigermaßen gefangen hatte. Aber sie konnte den Tod ihres Sohnes nicht endgültig verarbeiten. Auch wenn sie nicht wieder darüber sprach, aber sie dachte zeit ihres Lebens an ihn. „Adam, ich werde Kain nie vergessen. Er war doch ein guter Junge und hat keiner Fliege etwas zuleide getan." Adam saß Eva im hohen grünen Gras gegenüber und hatte den Kopf auf die Hände gestützt. „Ich bin jedenfalls froh, dass unser Vergehen, weswegen wir das Paradies verlassen mussten, nicht auch noch unseren Kindern und Nachkommen angelastet wird. Sollte mal irgendjemand die Schöpfungsgeschichte aufschreiben und dass die Menschen die Chance gehabt haben, im Paradies zu leben, so sollte klar herausgestellt werden, dass diese Schuld von uns beiden damals nicht auf die nachfolgende Generationen als, sag ich mal, als Erbsünde oder so vererbt wurde." Eva nickte und sagte: „Ja, Adam, es bleibt einzig und allein unsere Schuld. Und, obwohl wir nicht wussten, was gut und böse ist."

GOTTESSÖHNE UND MENSCHENTÖCHTER

Als aber die Menschen sich zu mehren begannen auf Erden und ihnen Töchter geboren wurden, da sahen die Gottessöhne, wie schön die Töchter der Menschen waren. (24) „Ada, komm sofort ins Haus. Wie bist du denn angezogen? Wenn du das Haus verlässt, sollst du dich doch komplett bedecken und dein junges Gesicht verhüllen. Du weißt doch, dass die Gottessöhne dich aus dem Himmel heraus sehen und sofort bei dir sind." Adas Mutter war sichtlich aufgeregt, hatte sie doch schon so häufig gesehen, dass die Gottessöhne sich an die jungen hübschen Menschentöchter heranmachten. „Ist ja gut, Mutter, aber ich treffe mich doch nur mit meinen Freundinnen im Orangenhain zum Ballspielen." Sie nahm ihr breites, rotes Tuch, schlug es um ihren Kopf und die nackten Schultern und verließ das Haus. Im Garten mit den vielen Apfelsinenbäumen saßen schon ihre Freundinnen im Kreis und tuschelten miteinander. Während sich Ada dazusetzte, kam aus dem Gestrüpp zwischen den Bäumen ein junger Mann hervor. Sein muskulöser Oberkörper war nackt und um die Hüfte trug er mit einem Knoten zusammengehaltenes Kleidungsstück, das wie ein kleiner Rock aussah. Er hob beide Arme zum Himmel und rief: „Ihr braucht keine Angst zu haben. Ich will euch nichts antun, nur mit euch reden und Ball spielen. Darf ich mich zu euch setzen?" Sie nickten und kicherten. „Ada, du hast ja einen ganz roten Kopf gekriegt!" rief ihre Nachbarin. „Ada hat sich verliebt!" riefen einige aus der Runde. Ada war sichtlich aufgeregt, als sich der junge, hübsche Mann neben sie setzte und ihr tief in die Augen schaute. „Lasst uns doch einen Spaziergang machen, nach unten zum Fluss!" rief eine aus der Runde. Bei allgemeiner Zustimmung standen sie auf und liefen in kleinen Gruppen am Wald vorbei in Richtung des Euphrat. Der junge Mann neben Ada hob die Hände zum Himmel und schien etwas zu murmeln. Als sie das sandige Ufer des Flusses erreichten, standen dort weitere fünf junge Männer bis zu den Knien im warmen Wasser. Die Vögel zwitscherten um die Wette und die Sonne lächelte wohlwollend auf die unbeschwerte Gruppe Jugendlicher. Es war ja auch nicht weit weg vom Paradies. Es wurde ein vergnüglicher Nachmittag und als es langsam dunkler wurde, verabschiedeten sich die Mädchen von den Gottessöhnen und liefen nach Hause. Ada musste zuhause lügen. Aber ihre Mutter kannte sie seit ihrem ersten Tage an. „Ada, ich spüre, dass etwas ist. Du brauchst mir nichts zu sagen. Ich kann es mir schon denken." Da das Haus nur aus einem Palmendach bestand und Eltern wie Kinder unter demselben Dach schliefen, merkten die Eltern natürlich, dass Ada sich nachts heimlich wegschlich. Es war kein Jahr vergangen, gebar Ada ihr erstes Kind. Die Sippe baute ihr ein eigenes Palmenhaus und half mit, ihren Nachwuchs großzuziehen. Wie ein seltsames Wunder wurde das Kind mit 16 Jahren aber immer größer. Mit 20 konnte es schon über alle hinwegsehen. Mit 25 war der junge Mann fast doppelt so groß wie die anderen. Es hatte sich im Lande herumgesprochen, dass in jeder Sippe solche übergroße Menschen wuchsen. Diese Kinder der Gottessöhne und Menschenfrauen lebten ebenso lange wir ihr Mütter, wie zum Beispiel Mahalalel, der 830 Jahre lebte. (25) Da sprach der Herr: Mein Geist soll nicht immer dar im Menschen walten, denn auch der Mensch ist Fleisch. Ich will ihm als Lebenszeit geben 120 Jahre." (26) Zu der Zeit und auch später noch, als die Gottessöhne zu den Töchtern der Menschen eingingen und sie ihnen Kinder gebären, wurden daraus die Riesen auf Erden. Das sind die Helden der Vorzeit, die hochberühmten. (27)

DIE SINTFLUT

Als aber der Herr sah, dass der Menschen Bosheit groß war auf Erden und alles Dichten und Trachten ihres Herzens nur böse war immerdar, da reute es ihn, dass er die Menschen gemacht hatte auf Erden und es bekümmerte ihn in seinem Herzen (28) und er sprach: „Ich will die Menschen, die ich geschaffen habe, vertilgen von der Erde, vom Menschen an bis hin zum Vieh und bis zum Gewürm und bis zu den Vögeln unter dem Himmel; denn es reut mich, dass ich sie gemacht habe." (29) „Vater, das musst du dir ansehen, die Sippe von Noah zerstört den ganzen Zedernwald. Die holzen jeden Baum ab!" Der Junge schrie aufgeregt in das Zelt seiner Eltern. Der Vater, der sich wegen der dauernden Mittagshitze ein wenig hingelegt hatte, stand auf, nahm seinen Sohn an die Hand und ging mit ihm zum Zedernwald. Er sah drei junge Männer, die mit Steinäxten einen Baum nach dem anderen fällten und hinter ihren Ochsen spannten. „Was macht ihr da. Der Wald gehört euch nicht allein. Er gehört uns allen und spendet uns Schatten!" rief er aufgeregt den Männern zu. Diese unterbrachen ihre Arbeit nicht einmal, sondern einer antwortete, schwer atmend: „Es ist ein Auftrag unseres gemeinsamen Gottes. Wir bauen ein wasserdichtes Holzhaus, das auf dem Wasser schwimmen kann." „Ihr seid von Sinnen. Es gibt hier weit und breit kein Wasser. Was soll das alles. Warum lügt ihr. Das könnt ihr mir doch nicht weismachen!" regte sich der Vater auf. „Du brauchst gar nichts zu glauben. Ihr seid sowieso ungläubig. Lange werdet ihr alle nicht mehr leben. Denn es kommt eine Sintflut, die euch alle und zwar alle Menschen auf Erden vernichten wird." Mit wuchtigen Schlägen haute der Sohn Noahs weiter auf die Zedernstämme ein. Der Vater sagte: „Schaut doch mal nach oben. Die Sonne lacht und es ist keine kleinste Wolke am hellblauen Himmel. Aber von mir aus, macht, was ihr wollt." Kopfschüttelnd wandte er sich ab und nahm wieder seinen Sohn an die Hand ging zurück in die Siedlung. „Vater, müssen wir alle sterben?" fragte der Junge verängstigt. „Natürlich nicht. Diese Männer reden Unsinn. Es ist herrlichstes Wetter und es war, soweit ich mich erinnern kann, nie anders." Die drei Söhne Noahs arbeiteten ununterbrochen weiter. „Die werden schon noch merken, was geschehen wird. Sie sind gottlos und liegen nur faul in der Sonne `rum und kümmern sich mehr um ihre Frauen als im Schweiße ihres Angesichts zu arbeiten. Und wir müssen noch die vielen Tiere einfangen. Unser Vater Noah sagte, von jeder Art ein Pärchen, damit sie sich danach wieder vermehren können." Noch im Weggehen schnappte der Kleine die Anweisung auf und fragte seinen nachdenklich wirkenden Vater: „Wenn die tatsächlich von allen Tieren ein Paar in die Arche schaffen wollen, bin ich mal gespannt, wie sie die Dinosaurier hineinbekommen und dazu noch das Futter in den riesigen Mengen für die vielen Wochen." Sein Vater schmunzelte und meinte: „Du hast noch die Flugsaurier vergessen." Sie drehten sich noch einmal um und sahen, wie die Söhne Noahs mit ihren starken Tieren die Stämme den Hügel hinaufzogen und sie diese zu hohen Wänden verkeilten, 30 Ellen hoch und 300 Ellen lang. Die Arbeiten dauerten viele Tage. Sie waren noch nicht ganz fertig, da trieb Noah schon die ersten Tierpaare ins riesige Holzhaus. Zusätzlich zu den vielen Tieren folgte er den Anweisungen seines Herrn: Du sollst dir von jeder Speise nehmen, die gegessen wird und sollst sie bei dir sammeln, dass sie dir und ihnen zur Nahrung diene. (30) Und der Herr sprach zu Noah: „Geh in die Arche, du und dein ganzes Haus; denn dich habe ich gerecht erfunden vor mir zu dieser Zeit." (31) Und Noah tat alles, was ihm der Herr gebot. Er war 600 Jahre alt, als die Sintflut auf Erden kam. (32) Wie vom Herrn angeordnet, hatte Noah ganz oben ein kleines Fenster eingebaut. Nun standen alle, Noah und seine Frau, seine drei Söhne mit ihren Frauen unter dem Fenster und spürten den frischen Wind. Und sie hörten draußen die Schreie der Frauen und Kinder aus den Siedlungen, die wütenden Rufe der Männer, aber auch das Gekreische aus den Wäldern von den wilden Tieren, die sich vor den einstürmenden Fluten in vermeintliche Sicherheiten flüchteten. All diese unschuldigen Männer, Frauen und Kinder ertranken jämmerlich in den überströmenden Fluten. In der Arche starrten sich alle gegenseitig an. Sie alle waren entsetzt, obwohl sie selbst gerettet waren. Die Wasser rauschten und übertönten die entsetzlichen Schreie der ertrinkenden Frauen, Schwangeren und Kindern, die die Welt nicht mehr verstanden. Doch nach und nach verstummten all die Schreie. So wurde alles vertilgt, was auf dem Erdboden war, vom Menschen an bis hin zum Vieh und zum Gewürm und zu den Vögeln unter dem Himmel; das wurde alles von der Erde vertilgt. Nur Noahs Familie war Augenzeuge dieses schrecklichen Völkermords, des ersten Genozids der Menschheitsgeschichte. Allein Noah blieb übrig und was mit ihm in der Arche war. (33) Und die Wasser wuchsen gewaltig auf Erden hundertfünfzig Tage. (34) Danach verliefen die Wasser langsam wieder. Über ein Jahr hatte die Familie Noah in der Arche ausharren müssen und besonders die Frauen hatten es unter dem Gestank des Tiermistes kaum aushalten können. Es war das schlimmste Jahr ihres Lebens, eine unmenschliche Qual für die Menschen, aber auch für die Tiere. Noah ließ dann einen Raben, später eine Taube und dann wieder eine Taube aus dem kleinen Fenster fliegen. Als diese dann mit einem Ölzweig im Schnabel zurückkehrte, verließ Noah auf Geheiß Gottes die Arche und alle Tiere folgten ihm. Nicht nur Noah war hoch erfreut, sondern auch Gott, der Herr, dass er die Menschheit, die er vorher geschaffen hatte, bis auf Noah und seine Familie ausgerottet hatte. Es war ja auch seine Schöpfung, mit der er machen konnte, was er wollte. Und Gott versprach Noah im Rahmen eines Bundes, dass hinfort keine Sintflut mehr kommen soll, die die Erde verderbe. (35) Als ewiges Zeichen dieses Versprechens sandte Gott der Sippe Noah einen Regenbogen. Der Regenbogen erinnert an die Sintflut, also an den ersten Völkermord in der Bibel.

NOAHS FLUCH UND SEGEN ÜBER SEINE SÖHNE

Noah hatte drei Söhne, Sem, Ham und Jafet. Ham hatte nun auch schon einen Son. Er hieß Kanaan. (81) Ham staunte nicht schlecht, als sein Vater Noah nach dem Verlassen der Arche zu aller erst einen Weinberg anlegte und so geschah es eines Tages, dass Noah sich bis zur Besinnungslosigkeit betrank. Nach seiner Arbeit auf dem Felde suchte Ham seinen Vater, fand ihn auch nicht auf dem Weinberg. So ging er zum Haus von Noah. Und da lag sein Vater, völlig nackt. Er rannte sofort los und erzählte dies seinen beiden Brüdern. Die nahmen ein weites Tuch, liefen zu Noah, gingen rückwärts ins Haus, deckten ihn zu und verließen das Haus wieder, ohne sich umzudrehen. Als Noah von seinem Rausch erwachte und erfuhr, wie sich sein Sohn Ham verhalten hatte, verfluchte er Kanaan, den Sohn von Ham, also seinen Enkel. Er verfluchte nicht Ham, sondern merkwürdigerweise seinen Enkel. Kanaan soll ab sofort nur noch der Knecht von Sem sein. (36) Noah aber lebte nach der Sintflut dreihundertfünfzig Jahre, dass sein ganzes Alter ward neunhundertfünfzig Jahre, und starb. (37)

DER TURMBAU ZU BABEL

Die Kinder Noahs vermehrten sich und es entwickelten sich verschiedene Stämme. Aus ihnen entstanden ganze Völker und neue Städte. Die damals größte Stadt war Babylon. Hier wurde besonders viel gebaut. Man hatte gelernt, Ziegel zu brennen und Erdharz als Mörtel zu verwenden. (38). Auch Ika lebte in dieser Stadt. Ihr Vater war Maurer und ihre Mutter sorgte für den Haushalt. Ika war eine von 7 Geschwistern und sehr neugierig. „Mutter, darf ich in die Stadt und mich mit meiner Freundin treffen? Wir wollten uns den neuen Turm anschauen." Ihre Mutter nickte zwar, aber es war ihr nicht wohl dabei, Ihre jüngste Tochter in die Stadt gehen zu lassen. Ika beeilte sich, zog hastig ihren Tuchmantel um und schlug ein weißes Tuch um ihre pechschwarzen, langen Haare. So konnte man nicht erkennen, wie jung sie noch war. Die Zeit verging und die Mutter begann, sich Sorgen zu machen. Plötzlich hörte sie ein gewaltiges Donnern und Grollen. Sie rannte aus dem Haus und sah nichts. Keine Wolke am Himmel, der blau wie immer war und die unendliche Weite verbarg. Sie schüttelte den Kopf und begab sich wieder ins Haus. Sie wollte sich gerade das dicke, graue Tuch umlegen, um in der Stadt nach ihrer Tochter zu suchen, da stand sie auch schon in der Tür. „Kind, ich habe angefangen, mir Sorgen zu machen. Es donnerte, aber es waren keine Wolken am Himmel. Es hat nicht einen Tropfen geregnet!" „Mutter, es ist unglaublich, in dem Donner haben meine Freundin und ich eine Stimme gehört. Hast du sie denn nicht gehört?" fragte sie aufgeregt. „Nein, es hat hier nur gedonnert." „Wir standen direkt am riesigen Turm und wir haben es ganz deutlich gehört." „Ja, erzähl schon, ich weiß von nichts." „Die Stimme sagte: ´Siehe, es ist einerlei Volk und einerlei Sprache unter ihnen allen, und dies ist der Anfang ihres Tuns; nun wird ihnen nichts mehr verwehrt werden können von allem, was sie sich vorgenommen haben zu tun´. (39) Und dann sprach die Stimme weiter: ´Wohlauf, lasst uns herniederfahren und dort ihre Sprache verwirren, dass keiner des anderen Sprache verstehe´." (40) „Und was geschah dann", fragte ihre Mutter aufgeregt. Nun stand Ikas Vater in der Tür. Er reagierte mit einer Antwort: „Plötzlich verstanden wir uns nicht mehr. Aber im Grunde haben wir gar nie miteinander gesprochen, sondern wir wussten immer, was zu tun war. Aber plötzlich sprachen alle und zwar durcheinander, weil ja jeder eigentlich in einer anderen Sprache redete. So konnten wir nicht weiterarbeiten und mussten den Bau des Turms abbrechen. Darum bin ich schon jetzt nach Hause gekommen." „Oh Gott, oh Gott", rief die Mutter. Wovon sollen wir leben, wenn du keine Arbeit mehr hast?" Sie begann zu weinen und setzte sich erschöpft auf einen Holzschemel. „Unser Wahrzeichen der Stadt ist auf jeden Fall beendet. Aber ich bin mir sicher, dass es irgendwie weitergehen wird. Denn die Stimme hat ja auch gesagt, dass uns nichts mehr verwehrt werden kann, was wir tun wollen. Irgendwann, werden wir noch viel höhere Häuser bauen als den Turm von Babylon und irgendwann werden wir uns alle wieder verstehen." Er füllte einen Tonbecher mit Wein und setzte sich zu seiner Frau auf den Boden. Sie legte ihren Arm um seine Schultern, küsste ihn und hoffte, dass er Recht behielte. „Vater!" „Ja, mein Kind?" „Die Stimme sagte: ´Nun wird ihnen nichts mehr verwehrt werden können. ` Ich verstehe das nicht. Wozu hat er dann diese sprachliche Verwirrung gestiftet?" „Du stellst Fragen, die ich auch nicht beantworten kann. Trotzdem solltest du nicht daraus schließen, dass du deine Geschwister nur aus einer Laune heraus ärgern darfst. Auch wenn es nichts bringt." „Aber Vater, darum geht es doch gar nicht. Was mich vielmehr verwundert, dass der Herr hier eingesteht, dass er mit seiner Macht am Ende ist und nichts weiter tun kann, als die Sprachen zu verwirren. Nach seiner eigenen Aussage ist er also nicht allmächtig." Da öffnete sich die Tür und die Freundin von Ika betrat den Raum: „Ich stand draußen und wollte erst nicht stören, aber ich muss hier doch etwas klarstellen: Es hat keine Sprachverwirrung gegeben. Darum musste die Stimme aus den Wolken eingestehen, dass ihre Macht am Ende sei. An dem Turmbau zu Babel sind Kanaaniter, Ismaeliter, Perisiter, Ägypter, Hebräer und weitere Maurer beschäftigt, die sich zum Teil über Handzeichen und ähnliche Sprachsymbole sehr gut verständigen können. Nachdem die Stimme aus den Wolken aufgehört hatte zu reden, gab es keine neuen Sprachen oder andere Sprachen, auch keine Sprachen aus anderen Ländern oder späteren Zeiten, also auch keine Sprachverwirrung. Die Stimme war davon ausgegangen, dass es sich um ein Volk handelte. Dem war nicht so. An diesem Bau sind viele Völker beteiligt. Es hat also keine Sprachverwirrung gegeben, es kam ihm wohl nur so vor. Deshalb musste die Stimme aus den Wolken eingestehen, mit ihrem Latein am Ende zu sein. Entschuldigung, Latein gibt es noch nicht." Der Vater verstand gar nichts mehr und schwieg. Am liebsten hätte er noch einen Becher Wein getrunken, aber er spürte die Blicke seiner Frau.

A B R A H A M

In den nachfolgenden Generationen vermehrten sich die Menschen und viele wurden mehrere hundert Jahre alt (41). So begab es sich, das Abram, wie er anfangs hieß und bereits 75 Jahre alt war, den

Auftrag vom Herrn bekam, sein Heimatland zu verlassen und nach Kanaan zu ziehen. Er nahm aber nicht nur seinen Neffen Lot mit, sondern auch Sarai, seine Habschwester, die er geheiratet hatte, mit auf die beschwerliche Reise. Nach vielen Abenteuern und einem Viertel Jahrhundert saß Abraham seiner Frau Sara, wie sie nun genannt wurde, im Zelt gegenüber. „Abraham!" „Ja, Sara?" Abraham wollte sich eigentlich entspannen und die Beine lang ausstrecken und hatte so gar keine Lust, mit seiner Frau zu diskutieren. Er war ja auch nicht mehr der Jüngste. „Was hast du nur mit dem Jungen angestellt!" rief sie mit erhöhter Stimme. „Ich habe nur dem Herrn gehorcht. Es ist doch alles in Ordnung. Der Herr hat mit mir einen Bund geschlossen und uns viele Nachkommen versprochen. Er hat unser Geschlecht gesegnet und sagte, dass wir so viele Nachkommen bekommen werden, wie es Sterne am Himmel gibt." „Der Junge ist aber völlig verstört. Er hat nichts gegessen und sitzt schon den ganzen Abend hinten auf dem Hügel. Du hattest ihn doch heute mit genommen, zu den Herden. Seit eurer Rückkehr ist er völlig anders." Da erzählte Abraham seiner Frau, dass Gott, der Herr, ihm befohlen hatte, Isaak zu opfern. Er habe gerade zustechen wollen, da habe sich plötzlich die Stimme des Herrn gemeldet und ihm befohlen, den Jungen doch nicht zu töten. Gott habe nur den uneingeschränkten Glauben an ihn prüfen wollen. Als Sara das hörte, sackte sie in sich zusammen und fing an zu weinen. „Was hat Isaak durchgemacht? Das ist ja fürchterlich. Das wird ihm sein ganzes Leben nachhängen. Was ist das für ein Gott, der ein Kind derart quälen muss. Er muss einen fürchterlichen Schock erlitten haben. Als wenn unser Gott nicht wüsste, dass du ihm uneingeschränkt glaubst. Er ist doch allmächtig. Da sollte er sowohl dich kennen als auch wissen, was er einem Kind dabei antut. Ich bin entsetzt!" Abraham verstand die Welt nicht mehr und wusste keine Antwort. Er schwieg. In Sara brodelte es aber weiter: „Und dann diese ungeheuerliche Qual mit der Beschneidung aller Männer und Knaben, selbst bei den Sklaven und gekauften Knechten, die nun wahrlich nicht an unseren Gott glauben." „Aber der Herr sagte doch, wer nicht beschnitten wird, soll ausgerottet werden!" (42) „Umso schlimmer. Das ist doch eine massive Drohung. Dann ist unser Gott nicht in der Lage zu unterscheiden, wer zu seinem Bund gehört, sondern er kann ihn nur erkennen, wenn er beschnitten ist? Und was ist mit den Frauen? Sind sie Menschen zweiter Klasse? Bei ihnen kann er plötzlich erkennen, welche zu seinem Bunde gehört, ohne irgendeine Verstümmelung." Sara konnte sich nicht mehr beruhigen. „Und dann die Sache mit Hagar, unserer jungen ägyptischen Magd. Weil ich kein Kind kriegen konnte, hat dir der Herr, dein Gott, im Traum empfohlen, die junge Magd zu beglücken. Und danach hat Gott, der Herr, mir den Isaak geschenkt.

Das hätte er auch vorher wissen können. Auf solche göttlichen Eingebungen können auch nur Männer kommen." Abraham überlegte: „Aber der Herr hat mir gesagt, dass er aus mir Völker machen will, und auch Könige sollen von mir kommen." (43) „Dass aus Nachkommen ganze Völker entstehen und logischerweise auch Könige, hätte ich dir auch prophezeien können. Aber das gleiche hat er ja auch deinem ersten Sohn, dem Ismael, die du mit der jungen Hagar gezeugt hast, auch vorausgesagt. (44) Auch das hätte sich der Herr, dein Gott, vorher überlegen können." „Aber der Herr hat doch ganz klar gesagt, dass er seinen Bund nur mit Isaak aufrichten will." (45) „Auf der einen Seite bekommst du außerehelich einen Sohn von einer Fremden, auf der anderen einen Sohn von deiner Halbschwester, der aber wiederum bevorzugt wird. Mir soll es Recht sein. Aber verstehen kann ich das nicht." (46)

JAKOB, DER ENKEL ABRAHAMS

„Vater!" rief Ben Jamin, der jüngste Sohn Jakobs. „Ben Jamin, mein Sohn des Glücks, was hast du auf dem Herzen? Lasst uns setzen, ich fühle mich erschöpft und ich bin müde." „Vater, ich habe meine Mutter nie kennengelernt. Als sie mich gebar, ist sie verstorben. (47) Sie fehlt mir und die anderen Mütter meiner älteren Brüder können sie nicht ersetzen." „Jetzt, da du nun zum Manne heranreifst, wirst du alles besser verstehen. Darum habe ich bis jetzt gewartet." Ben Jamin setzte sich aufrecht hin und knetete seine Hände vor Aufregung, was jetzt kommen würde. „Deine Mutter Rahel war meine ganz große Liebe. Obwohl sie jetzt schon zwölf Jahre tot ist, muss ich immer an sie denken." Ben Jamin hörte angestrengt zu. „Deine Mutter hatte irgendwie Ähnlichkeit mit meiner Großmutter Sara. Sara war übrigens die Halbschwester von Abraham. Sie hatten denselben Vater, aber eine andere Mutter. Wenn Sara meinen Vater Isaak nicht aufgefangen hätte, also seelisch, meine ich, nach dem fürchterlichen Erlebnis mit seinem Vater, wer weiß, was aus ihm geworden wäre. Eigentlich war meine Großmutter Sara die entscheidende Person, die den Fortbestand der Familie sicherte, nicht Abraham, der im Grunde nur aus Angst vor Gott gehandelt hatte, ohne darüber nachzudenken, was er da eigentlich tat. Um noch einmal die Reihenfolge der Väter darzulegen: Unser Stammvater hieß Terach, dessen Sohn hieß Abraham. Der Sohn von Abraham hieß Isaak, der geopfert werden sollte. Und Isaaks Sohn bin ich und du bist mein Sohn, wie Josef, Ruben und die anderen zehn Geschwister. Aber du wolltest ja etwas über deine Mutter erfahren. Entschuldige." Ben Jamin nickte. „Stimmt es, dass meine Mutter Rahel deine Cousine war, Vater?" fragte Ben Jamin. „Ja, und ich habe beim Bruder meiner Mutter, also meinem Onkel, der Laban hieß, um ihre Hand angehalten. Aber Laban hat meine Situation sehr clever ausgenutzt. Du musst nämlich wissen, dass er eine weitere Tochter hatte, nämlich Lea, die älter als Rahel war, die ich aber nicht mochte. Ich habe damals Laban angeboten, sieben Jahre für ihn zu arbeiten, wenn er mir Rahel zur Frau gäbe. Als die sieben Jahre um waren, hat er aber - unter einem Schleier versteckt - die ältere Lea zur Hochzeit geführt. Da musste ich Lea heiraten und danach erst hat Laban mir Rahel, deine Mutter, zur Frau gegeben, unter der Bedingung, noch einmal sieben Jahre für ihn zu arbeiten und seine Herden zu hüten. Insgesamt waren es nachher sogar zwanzig Jahre, bis ich mit meinen beiden Frauen wieder losziehen konnte." Dem alten Jakob viel das Reden schwer. Aber Ben Jamin wurde noch neugieriger. Also sprach Jakob weiter: „Ich hatte zwei Frauen, aber ich liebte nur Rahel, deine Mutter. Sie war wirklich wunderschön und wir verstanden uns gut. Aber Lea gebar einen Sohn nach dem anderen, während Rahel kinderlos blieb. Rahel gab mir dann ihre Leibmagd Bilha, damit sie an ihrer Stelle für den Nachwuchs sorgen sollte. Und so geschah es auch. Bilha brachte zwei Jungen zur Welt, Dan und Naftali. Lea wurde aber wieder neidisch und da sie keine Kinder mehr gebären konnte, gab sie mir ihre Leibmagd Silpa. So habe ich mit Silpa erst den Sohn Gad und dann den Jungen mit Namen Asser gezeugt. (48). Aber dann war Gott der Lea gnädig und sie gebar noch zwei weitere Jungen und ein Mädchen. Sie wollte Rahel übertrumpfen. Aber deine Mutter gebar Josef und dann dich. Siehst du, mein Jüngster, so hast du nun 11 Brüder und eine Schwester." Ben Jamin lehnte sich zurück und dachte nach. „Vater, du hast einmal erwähnt, dass du einen Zwillingsbruder hast, den Esau, aber ich habe ihn noch nie gesehen." „Heute willst du wohl alles wissen. Nun gut. Hier muss ich mal ganz ehrlich sein, denn ich habe Fehler gemacht, die ich heute bereue. Ich bin vor Esau geflüchtet. (49) Ich habe ihn zweimal hintergangen, ihm zuerst das Erstgeburtsrecht genommen (50) und dann den ersten Segen von meinem Vater Isaak. (51). Darum trachtete er mir nach dem Leben und ich bin also geflüchtet. Mein Vater Isaak hat das dann zum Anlass genommen, mich nach Mesopotamien zum Bruder meiner Mutter, dem Laban, zu schicken, da er ja diese beiden Töchter hatte, Lea und deine Mutter Rahel." Ben Jamin hatte aufmerksam zugehört und fragte weiter: „Vater, immer wenn uns Fremde aufsuchen, sprechen Sie dich mit Israel, den Gottesstreiter, an. Aber du heißt doch eigentlich Jakob." „Ach Ben Jamin. Darüber rede ich eigentlich nicht gerne. Aber weil du mein jüngster Sohn bist, will ich es dir berichten. Auf dem Weg zurück nach Kanaan, mussten wir den Fluss Jabbok überqueren. Ich war der letzte, der in den Fluss ging und es wurde schon dunkel. Da überfiel mich ein Mann und ich rang mit ihm bis in den frühen Morgen. (52) Aber er konnte mich nicht besiegen und wollte, als es hell wurde, den Kampf beenden und fliehen. Ich ließ ihn aber nur gehen, wenn er mich segnen würde. Er fragte nach meinem Namen und er sagte im Segnen, dass ich ab sofort Israel, also Gottesstreiter, heißen sollte. Da wurde mir klar: Ich hatte Gott von Angesicht zu Angesicht gesehen und doch wurde mein Leben gerettet."(53) Jakobs Gesicht war rot angelaufen, so stark war seine Erinnerung an diesen Kampf. „Vater, du hast mit Gott gekämpft und er hat nicht gewonnen und dich gesegnet? Habe ich das richtig verstanden?" „Ja, Ben Jamin, so war es." Jakob atmete tief durch und streckte seine Beine aus. „So, mein Sohn, wir brechen morgen früh bei Sonnenaufgang wieder auf und machen uns auf den Weg nach Bethel. Lass uns nun ruhen." „Vater, ich weiß, dass wir wieder auf der Flucht sind. Aber du hast dich doch mit Esau versöhnt. Warum fliehen wir wieder?" „Ben Jamin, auch das will ich dir erklären. Der Herr wies mir den Weg nach Bethel. (54) Wir sind auf der Flucht vor den Bewohnern des Landes, den Kanaanitern und Perisitern. (55) Deine älteren Brüder haben uns ins Unglück gestürzt. Sie haben deine Schwester Dina rächen wollen, weil der Sohn des Herrschers von Sichem sie misshandelt hatte. Der Vater aber und seine Untertanen waren sehr aufgeschlossen und wollten Frieden haben und sogar mit unserem Volk zusammenkommen. Da hatten deine Brüder hinterhältiger Weise von allen Bewohnern von Sichem gefordert, alle Männer zu bescheiden. Sie kamen zwar dieser Forderung nach, aber hatten nach drei Tagen immer noch Schmerzen. Da überfielen deine Brüder mit ihren Knechten und Hirten die friedliche Stadt Sichem und erschlugen alles, was männlich war (56) und nahmen ihre Schafe, Rinder, Esel und was in der Stadt und auf dem Felde war und alle ihre Habe; alle Kinder und Frauen führten sie gefangen hinweg und plünderten alles, was in den Häusern war. (57) Darum mein Sohn sind wir wieder auf der Flucht."

JOSEF, DER SOHN JAKOBS

Ruben, so hieß der erste Sohn Jakobs. Lea, die erste Frau Jakobs hatte ihn geboren. Ruben war zusammen mit seinen zehn Brüdern weit hinausgegangen, um die riesigen Schafherden des Vaters zu hüten. Vater Jakob hatte aber Josef zurück behalten und ihn erst einige Tage später losgeschickt, um nach den Brüdern zu schauen und dem Vater Bericht zu erstatten. Die Sonne ging langsam unter und alle Brüder hockten im Kreis beieinander und wärmten sich die Hände am Lagerfeuer. Da sahen sie am Horizont einen kleinen schwarzen Punkt auf sie zukommen. Da rief Ruben: „Seht doch, dass ist Josef, der Lieblingssohn unseres Vaters Jakob." Dan, der Sohn Bilhas, den Rahels Magd zur Welt gebracht hatte, sagte: „Erinnert ihr euch, als Josef von seinem Traum erzählte, der uns als seine Diener beschrieb. Ich will mit diesem Angeber und Vaters Liebling nichts zu tun haben." Da griff Gad, der Sohn Silpas, Leas Magd, ins Gespräch ein: „Ich kann mir nur denken, dass Vater Jakob seinen Sohn Josef zu uns geschickt hat, um uns auszuspionieren. Dann wird er nichts anderes zu tun haben, uns bei unserem Vater zu denunzieren." Da meldete sich Juda: „Wir alle zehn Brüder haben denselben Vater, aber unterschiedliche Mütter. Meine Mutter ist Lea, die Jakob heiraten musste, um Rahel, seine große Liebe als Frau zu bekommen. Josef ist Rahels Sohn. Darum wird er uns vorgezogen. Er passt nicht zu uns. Wir sollten uns etwas überlegen, bevor er bei uns hier eintrifft." Er erntete allgemeine Zustimmung. „Wir könnten ihn töten, seinen Rock zerreißen und ihn mit dem Blut einer Ziege tränken. Dann muss Jakob annehmen, dass ein wildes Tier ihn gerissen habe." (58) Doch da widersprach Ruben, der älteste der Brüder: „Vergießt nicht sein Blut. Werft ihn doch nur in eine Grube und legt keine Hand an ihn." (59) Er hatte spontan den Plan gefasst, später Josef wieder zu befreien und ihn nach Hause zu schicken. Aber es sollte anders kommen. Von weitem näherte sich eine Karawane von Ismaelitern mit sehr vielen Kamelen auf dem Weg nach Ägypten. Die Brüder rannten auf Josef zu, fesselten ihn. Da rief Silpas Sohn Asser: „Ich habe eine bessere Idee. Wir verkaufen ihn als Sklaven an die Ägypter. Dann sind wir ihn los und haben nicht sein Blut vergossen." (60) Und so wurde Josef für zwanzig Silberstücke an die Ismaeliter verkauft, die ihn nach Ägypten brachten. Die Brüder zerrissen den Rock von Josef, töteten einen Ziegenbock und tauchten den Rock ins Blut. (61) Wieder zuhause mussten Sie ihren Vater trösten, der jämmerlich um seinen Lieblingssohn weinte und kaum zu beruhigen war. Die Sommer wurden immer länger und die Hitze unerträglich. Die Pflanzen auf den riesigen Weiden vertrockneten und die vielen Schafe und Ziegen fanden kein Futter mehr. Es begann eine schreckliche Hungersnot, und das in Kanaan, wohin später die Israeliten zogen. Die ersten Tiere starben. Fremde Wanderer erzählten, dass Ägyptens Pharao Getreide an hungernde Stämme verkaufte. Sein oberster Stellvertreter hatte vorsorgen lassen und in den letzten sieben ertragreichen Jahren die Kornkammern füllen lassen, um in Zeiten der Not davon zu zehren. Also schickte Vater Jakob seine Söhne nach Ägypten, um dort auch Getreide einzukaufen. Ben Jamin, der Jüngste und vermeintlich noch einzige Sohn von Rahel, sollte zuhause bleiben, damit ihm nicht ein ähnliches Unglück widerfahre wie Josef damals. So wollte es der Vater Jakob. Die zehn Brüder waren in der Hauptstadt Ägyptens angekommen und wurden zum obersten Verwalter des Pharaos vorgelassen. Der oberste Verwalter des Pharaos, der mit der vollen Macht des Königs ausgestattet war, ließ seine Dolmetscher reden: „Nach Augenschein unseres Verwalters seid ihr Kundschafter und sucht nur nach einer Stelle, die offen ist!" (62) Ruben, der älteste der Brüder wehrte sich vehement und die anderen stimmten mit ein:

„Wir sind redlich und deine Knechte sind nie Kundschafter gewesen." Doch es half nichts. Der oberste Vertreter des Pharao ließ sie abführen und drei Tage und Nächte im Gefängnis sperren. Im dunklen Verließ sprach Ruben zu seinen Brüdern: „Das habt ihr nun davon, damals unseren Bruder Josef als Sklaven verkauft zu haben." Doch am vierten Tag mussten sie wieder beim Obersten des Landes vorstellig werden. Er nahm Simeon zur Seite, ließ ihn fesseln und sagte: „Bringt mir Ben Jamin, dann glaube ich euch, dass ihr keine Kundschafter seid." So machten sich die Brüder widerwillig auf und wanderten den langen Weg zurück zu ihrem gemeinsamen Vater Jakob. Zuhause angekommen stellten sie fest, dass auf ihren hoch gefüllten Kornsäcken ihr Geld, mit dem sie die Ware gekauft hatten, oben auf lag. „Warum hat Gott uns das angetan?" fragten sie sich, bekamen es mit der Angst zu tun und konnten sich keinen Reim daraus machen. Die Hungersnot blieb und die Vorräte schwanden. Schweren Herzens und nach viel Überredungskunst durch Juda ließ Vater Jakob all seine Söhne, diesmal gemeinsam mit Ben Jamin, wieder nach Ägypten reisen. In der Hauptstadt Ägyptens angekommen, wurden sie sogar in das Haus des Stellvertreters des Pharaos geladen und er selbst aß und trank mit ihnen. Sie wunderten sich, dass dieser oberste Verwalter sie am langen Tisch so aufgereiht platzierte, wie es ihrem Alter entsprach. An letzter

Stelle saß Ben Jamin. Nach diesem ausgedehnten Gelage zogen sie wieder gemeinsam los, jeder mit einem prall gefüllten Sack voller Getreide. Nach drei Tagen machten sie Rast und staunten nicht schlecht, dass ägyptische Soldaten auf Kamelen sie eingeholten hatten und zur Rede stellten: „Unser Herr, der oberste Verwalter des Landes, vermisst seinen silbernen Trinkbecher!" Die Brüder schauten sich verwundert an und Ruben sagte überzeugend: „Bei wem ihr den silbernen Becher findet, der soll sterben." Damit waren die Soldaten einverstanden und ließen einen Sack nach dem anderen öffnen. Die Brüder aber erschraken bis ins Mark, als oben auf dem Getreidesack von Ben Jamin der silberne Becher lag. Und nun war das Gezeter und Gejammer groß. Ben Jamin sollte zurück zum Obersten. Sogar Juda bot sich an Ben Jamins Stelle an. Aber die pflichtbewussten ägyptischen Soldaten ließen nicht locker. So zogen sie alle gemeinsam wieder zum Hause des obersten Verwalters, fielen vor ihm auf die Knie und bettelten wie kleine Kinder um das Leben von Ben Jamin. Sie wussten, dass seinen Verlust ihr Vater Jakob nicht überleben würde, wenn in seinen Augen auch der zweite Sohn Rahels umkommen würde. Der Verwalter schien das Dilemma der Brüder zu genießen, aber das Blatt wendete sich. Der oberste Verwalter des Pharao stellte sich mit Würde und überlegenem Selbstvertrauen vor die versammelten Brüder, die vor Angst weiche Knie bekamen, und sagte: „Wie geht es eurem Vater? Lebt er noch?" (63) Die Brüder schauten sich verwundert an. Sie schienen, etwas zu ahnen, fielen zu Boden und bettelten um ihr Leben. „Unserem Vater geht es gut." Da hob Juda beide Hände empor, fiel auf die Knie und flehte den Obersten an: „Bitte nehmt mich und nicht Ben Jamin. Den Verlust dieses Sohnes, seines jüngsten, würde unser Vater nicht überstehen." Doch der Oberste drehte sich um, verließ den Raum und kehrte nach wenigen Minuten wieder. Seine Augen waren noch feucht. Er baute sich vor der Gruppe der Männer auf und sprach in festem Ton, wobei er tief durchatmete: „Ich bin Josef, euer Bruder, den ihr als Sklaven an die Ismaelitern verkauft habt? Lebt mein Vater noch?" (64) Seine Brüder erschraken derart, dass es ihnen die Sprache verschlug. Sie bekamen es mit der Angst zu tun, Josef würde sich nun an ihnen rächen. Doch Josef beruhigte sie, ließ seinen Vater mit seiner ganzen Familie, seinen vielen Frauen, Knechten und Mägden nach Ägypten kommen und übergab ihnen ein sehr gutes Land in seinem Reich. Doch die Geschichte von Josef konnte nicht ohne Lügen zu Ende gehen und merkwürdigen Segnungen durch Jakob, der ja seit geraumer Zeit Israel hieß, was so viel bedeutet, wie: Der mit Gott kämpft. Und er hatte ja mit Gott gekämpft und gewonnen. (67) Bevor also Jakob starb, segnete er all seine Söhne und hob dabei besonders Juda hervor, der damals den Vorschlag gemacht hatte, Josef für 20 Silberstücke zu verkaufen. (68) Zudem war Juda dafür bekannt, dass er bei Huren ein und ausging. Seine Söhne waren damals verstorben und seine Schwiegertochter hatte versucht, mit ihm anzubändeln. Da er aber nicht darauf eingegangen war, hatte sie sich als Hure getarnt und ihn unerkannter Weise verführt. So hat sie sich von ihm schwängern lassen, was aber später entdeckt worden war. Als die ganze Familie um Vater Jacob versammelt war, beschrieb Jakob jeden einzelnen seiner Kinder mit ihren verschiedenen Charakteren. Als die Rede auf Juda kam, machte Jakob eine bemerkenswerte Andeutung: Aus Judas Nachkommenschaft würde ein gewisser Messias hervorgehen: „Es wird das Zepter von Juda nicht weichen noch der Stab des Herrschers von seinen Füßen, bis dass der Held komme, und ihm werden die Völker anhangen." (69) Aber damit nicht genug: Auch die Nachkommen von Josef, dessen Frau Ägypterin war, sollen zu den Isralitern gehören. (70) Nicht-Hebräer wurden nämlich eigentlich gemieden. Als Vater Jakob sich aus der Runde verabschiedet hatte, saßen die übriggebliebenen Brüder zusammen und beratschlagten die Situation. Sie hatten verständlicherweise Angst, dass sich Josef nach dem Tod des Vaters an sie rächen würde und überlegten daher, wie sie aus dieser Schlinge herauskommen könnten. Juda hatte da eine Idee: „Wenn wir dem Josef erzählen, dass sein Vater auf dem Sterbebett seinem Sohn Josef befohlen habe, uns unsere

Missetat zu vergeben, dann würde Josef sich nicht an uns rächen wollen." (71) Diese Idee fanden alle Brüder gut. Bald darauf starb Vater Jakob und die Söhne versammelten sich zur Trauer. Da erzählte Juda seinem Bruder Josef, dass Jakob den Wunsch geäußert habe, Josef möge seine Brüder nicht bestrafen. Josef glaubte Juda. Dieser Wunsch passte zum Gemüt seines Vaters. Darum glaubte er ihm und rächte sich nicht an seinen Brüdern. Die Nachkommen Jakobs und die mit den Ägyptern vermischten Kinder von Josef vermehrten sich zu einer ansehnlichen Menge Menschen, die in Ägypten ein offensichtliches Eigenleben führte: Die Israeliten.

MOSES UND AARON

„Lieber Amrun, unser zweiter Sohn nach Aaron ist nun drei Monate alt. Aber irgendwie ist er nicht so entwickelt wie sein Bruder nach dieser Zeit." Auch Amrun machte sich Sorgen. Er hatte seine Tante Jochebed, nämlich die Schwester seines Vaters, geheiratet. (86) Geistig zurückgebliebene Kinder gab es wohl häufiger unter den Hebräern. „Das ist die Strafe Gottes. Was haben wir nur gemacht?" Murmelte Amrun vor sich hin. „Ich weiß es nicht, aber was sollen wir nur tun?" Sie setzten sich zusammen und überlegten, was nun geschehen sollte. „Wir müssen ihn irgendwie verschwinden lassen. Die Leute werden anfangen, über uns zu reden." „Nicht weit von hier gehen die Töchter des

Pharaos regelmäßig baden." „Woher weißt du das denn schon wieder", wunderte sich Jochebed. „Das habe ich zufällig gesehen. Wir können ihn doch dort ins Schilf legen, in einen Korb. Und wenn die Mädchen ihn finden, werden sie ihn sicher aufnehmen, so wie ich Mädchen kenne." „Das mache ich aber nur, wenn unsere älteste Tochter aufpasst, dass ihm nichts passiert." So einfach der Plan auch war, so erfolgreich war er. Die Tochter des Pharao fand das Baby und nahm es mit in den Palast. Die Tochter Jochebeds lief hinter der Pharao-Tochter her und unterbreitete den Vorschlag, dass am besten eine hebräische Mutter den Säugling stillen sollte. Die Tochter des Pharao wusste natürlich nicht, dass sie die leibliche Mutter empfahl, fand aber den Vorschlag sinnvoll. Sie gab dem Baby den Namen Moses, denn sie sprach: „Ich habe ihn aus dem Wasser gezogen." (88) Trotz bester Ausbildung am Hofe des Pharaos, war er nicht so redegewandt wie sein Bruder Aaron. (87) In diesem Zusammenhang erklärt sich auch leichter, dass Moses sich der Anforderung Gottes zu entziehen versuchte und Gott dann dessen Bruder Aaron mit „ins Boot nahm".

MOSES, DER MÖRDER

Moses, als Baby am Nil von der eigenen Mutter ausgesetzt, wurde also durch die Tochter des Pharao gefunden und am Hofe aufgezogen. Dann ereignete sich dieser Vorfall: Als erwachsener Mann und

Hebräer konnte er die ungerechte Behandlung eines Landmannes nicht mit ansehen und erschlug, ohne darüber nachzudenken, diesen Ägypter. Er hatte sich kurz umgeschaut, ob ihn jemand beobachtet hatte. Es war niemand in der Nähe. Doch irgendwie hatte der Pharao von diesem Mord erfahren. Aus Angst vor einer Bestrafung floh Moses nach Midian. Er war nichts anderes als ein flüchtiger Mörder in einem fremden Land, wo ihn niemand kannte. In Midian lernte er die Tochter eines Hirten kennen, heiratete sie und bekam einen Sohn. Seine Frau hieß Zippora und sein Sohn Gerschom. Schon Josef hatte keine Israelitin geheiratet, wie nun auch Moses keine genommen hatte, sondern eine Medianiterin. Genau genommen waren ja auch die Ägypter Nachkommen von Noah.

MOSES´AUFTRAG

Gott der Herr erschien dem geflüchteten Mörder Moses über einen Engel in einem flammenden Dornbusch. Und der Herr sprach: „Ich habe das Elend meines Volkes in Ägypten gesehen und ihr Geschrei über ihre Bedränger gehört; ich habe ihre Leiden erkannt." (72) Moses antwortete: „Lieber Gott, das fällt dir aber reichlich spät auf. Die Israeliten werden schon seit sehr vielen Generationen, seit über vier Jahrhunderten, in Ägypten als Sklaven gehalten." Doch Gott ging darauf nicht ein, sondern meinte: „Und ich bin herniedergefahren, dass ich sie errette aus der Ägypter Hand und sie hinausführe aus diesem Land in ein gutes, weites Land, in ein Land, darin Milch und Honig fließen, in das Gebiet der Kanaaniter, Hetiter, Amoriter, Perisiter, Hiwiter und Jebusiter." (73) „Nun gut", antwortete Moses. „Ich selbst habe in meinem ersten Buch Kapitel 12, Vers 5 beschrieben, dass bereits Abraham ins Land Kanaan gereist war, so wie du es damals schon gewünscht hattest." Gott ging auch auf diesen Einwand nicht ein, sondern antwortete: „Aber nun ist das Geschrei der Israeliten vor mir gekommen und ich habe ihre Not gesehen, wie die Ägypter sie bedrängen." (74) „Dann lass ich das mal so stehen. Aber ´Milch und Honig fließen´, das passt ja nun wirklich überhaupt nicht. Erstens ist Abraham wieder zurück nach Ägypten, und das in sechs Tagesreisen, weil in Kanaan Dürre und Hungersnot herrschte (75). Dein gelobtes Land hat meinen Vorfahren nur Elend gebracht. Und wenn dort Milch anstelle von Wasser fließt, dann gibt es dort keine Pflanzen und Fische. Und Honig ist die Nahrung für die eigene Nachkommenschaft der Bienen und nicht für Menschen. Außerdem ist Milch die Nahrung von Kälbern und ebenfalls nicht von Menschen oder für Menschen. Diese sollten sich doch von den Früchten ernähren, wie du in der Schöpfungsgeschichte gesagt hast." (76) Dem musste Gott zustimmen, er hatte es ja selbst so bestimmt. Aber Moses konnte nicht erkennen, ob Gott ihm zustimmte. So wehrte sich Moses weiter: „Herr, ich soll also die Israeliten in ein Land führen, das mehreren anderen Völkern gehört, die dort schon seit Noahs Zeiten leben und, wenn man es genau nimmt, auch Nachfahren Noahs sind. (81) Kanaan war doch sogar der Enkel von Noah, einer sehr gottesfürchtigen Familie, die du errettest hast, während alle anderen Menschen, Babys, Kinder, Frauen, Männer und Greise elendig in deiner Sintflut ertranken. Aber wenn du es willst, dann werden wir sie schon vertreiben oder töten." Doch darauf schien der Herr nicht zu reagieren, denn er redete einfach weiter: „Geh hin zu den Israeliten und dann zum Pharao und sage, dass Gott, der Herr, dir erschienen ist. Der Pharao soll euch gehen lassen, auf dass ihr eurem Gott opfern und dienen könnt. Aber ich weiß, dass euch der König von Ägypten nicht ziehen lassen wird." Da stutzte Moses. „Ach Moses, ich werde Ägypten mit all den Wundern schlagen. Danach wird er euch ziehen lassen." (77) Aber diese Aussicht auf Erfolg schien Moses nicht zu genügen. Denn Gott sprach weiter: „Wenn ihr Ägypten verlasst, sollt ihr nicht leer ausgehen, sondern jede Frau soll sich von ihrer Nachbarin und Hausgenossin silbernes und goldenes Geschmeide und Kleider geben lassen. Die sollt ihr euren Töchtern und Söhnen anlegen und von den Ägyptern als Beute nehmen." (78) Moses runzelte nicht mal die Stirn, sondern schien sich zu freuen, dass er von Gott die Anweisung erhielt, die Ägypter beim Auszug auch noch zu bestehlen und auszurauben. Ihm war natürlich klar, dass die Ägypter nicht freiwillig ihre Wertgegenstände abgeben würden. Moses dachte nach. Dann erhob er wieder seine Stimme: „Ich habe arge Zweifel, dass die Israeliten mir glauben und einfach mitkommen. Und wenn Sie nach dir fragen, was soll ich ihnen sagen, wer du bist?" (79) Da antwortete Gott: „Ich werde sein, der ich sein werde. Das ist mein Name." Moses schwieg. Und Gott wäre nicht Gott, wenn er nicht gespürt hätte, dass Moses damit nichts anzufangen wusste: „So sollst du zu den Israeliten sagen: Der Herr, der Gott eurer Väter, der Gott Abrahams, der Gott Isaaks, der Gott Jakobs, hat mich zu euch gesandt." (80) Das konnte sich Moses merken. „Aber ich bin nicht sehr wortgewandt. Meine Zunge ist schwer. Ich glaube, das kann ich nicht." Gott dachte nach und sagte: „Der Bruder Aaron wird für dich reden. Und er wird sich freuen, wenn er dich trifft." Damit war Moses einverstanden und Gott zeigte ihm noch ein paar Zaubertricks, mit denen er den Pharao beeindrucken sollte. Moses ging zurück zu seiner Familie nach Midian, um seine kleine Sippe mit nach Ägypten zu nehmen. Doch er hatte ein schlechtes Gewissen und zögerte, die Reise anzutreten. Da sprach wieder Gott zu ihm: „Geh hin und zieh wieder nach Ägypten, denn die Leute sind tot, die dir nach dem Leben trachteten." Damit war Moses einverstanden, denn als langjährig gesuchter Mörder hätte er beim Pharao „schlechte Karten" gehabt. Gut, dachte Moses, dass der Herr weiß, dass ich einen Menschen umgebracht habe. Dann brauche ich mich vor ihm nicht zu rechtfertigen.

GOTT WOLLTE MOSES TÖTEN

Moses nahm also seine Frau Zippora und seinen Sohn und setzte sie auf einen Esel und zog nach Ägypten. (82) Unterwegs machte Moses an einer Herberge halt und was nun geschah, ist unbeschreiblich: In der Herberge begegnete Moses Gott, der ihn töten wollte. (83) Da schrie Zippora Gott an: „Halt, töte nicht Moses!" Geistesgegenwärtig nahm sie einen scharfen Stein und beschnitt die Vorhaut ihres Sohnes. Da ließ Gott von Moses ab. (84) „Entschuldige Gerschon, hör auf zu weinen. Es musste sein, um deinem Vater das Leben zu retten und im Grunde auch mein und dein Leben. Als alleinerziehende Mutter hätte ich nicht überlebt und du auch nicht. Moses stand da, wie angewurzelt, und sagte kein Wort.

MOSES UND AARON BEIM PHARAO

Nachdem sich Aaron und Moses bei den Ältesten der Israeliten vergewissert hatten, dass das israelitische Volk ihnen beiden folgen würde, begaben sie sich zum Pharao. Höflich, aber bestimmt baten sie den Pharao, das Volk der Israeliten in die Wüste zum Feste ihres Gottes ziehen zu lassen. Doch der Pharao reagierte völlig anders: „Die Hebräer haben wohl noch zu viel Zeit und Muße neben ihrer Fronarbeit. Das werde ich zu ändern wissen. Sie sollen nicht nur die Ziegel brennen, sondern auch noch das notwendige Stroh sammeln und genau so viele Ziegel herstellen wie vorher." Da sah Moses, dass sein Volk noch grausamer geplagt wurde. Jetzt vertrauten die Israeliten dem Moses erst recht nicht mehr. Sein Gespräch mit dem Pharao hatte genau das Gegenteil bewirkt. Es erging ihnen schlimmer als zuvor. Darüber beschwerte sich Moses beim Herrn: „Siehe, die Israeliten hören nicht auf mich; wie sollte denn der Pharao auf mich hören? Zudem bin ich ungeschickt zum Reden." (85) Doch das Gezeter von Moses hatte keinen Sinn. Gott, der Herr, machte Moses zu Gott und seinen Bruder Aaron zu dessen Prophet. (86) So sprach der Herr: „Du sollst alles reden, was ich dir gebieten werde; aber Aaron, dein Bruder, soll es vor dem Pharao reden, damit er die Israeliten aus seinem Lande ziehen lasse." (87) Als aber Moses die Stirn runzelte, fügte der Herr hinzu: „Aber ich will das Herz des Pharao verhärten und viele Zeichen und Wunder tun in Ägyptenland." (88) So gingen nun Moses und Aaron wieder zum Pharao. Moses war bereits achtzig und sein Bruder dreiundachtzig Jahre alt und der Pharao ließ die beiden alten Männer mit Rücksicht auf ihr Alter noch mal vorsprechen. Aaron stellte sich mutig vor den Pharao und warf seinen Stab zu Boden, der sich direkt in eine Schlange verwandelte, so, wie er es vorher mit Gott geübt hatte. Dieses Wunder Gottes schien den Pharao nicht zu beeindrucken, denn er rief seine eigenen Zauberer, die auch ihre Stäbe zu Boden warfen. Und all ihre Stäbe verwandelten sich zu Schlangen. (89) Das Herz des Pharao ließ sich dadurch also nicht erweichen. Das erstaunte Moses nicht, denn der Herr hatte ja schon gesagt, dass er das Herz des Pharaos verhärten würde. Aber Aaron war ja ein wenig cleverer als Moses und meinte: „Wenn Gott, der Herr, den Pharao nicht verhärtet hätte, könnten wir nun mit dem ganzen Volk Ägypten verlassen." „Lass es gut sein, Aaron, fragen wir lieber den Herrn, was wir jetzt tun sollen." „Gut, Moses, aber wie viele Wunder müssen wir denn noch vollbringen, bis der Pharao uns endlich ziehen lässt? Und wenn Gott, der Herr, das Herz des Pharaos immer verstockt, können wir noch so viele Wunder verbringen. Es kann ja nicht funktionieren!" Moses verstand die Logik seines älteren Bruders nicht. Und so schickte der Herr beide wieder zum Pharao, der sie diesmal zum Nil begleitete. Sie standen am sandigen Ufer des breiten Flusses. Moses nahm nun seinen Stab und schlug ihn auf die Wasseroberfläche des Nils, ganz so, wie der Herr es ihm geboten hatte. Das Wasser des Nils verwandelte sich sofort in Blut und die erstickten Fische trieben bäuchlings zur Wasseroberfläche. Doch da kamen schon die Zauberer des Pharaos und machten genau das gleiche. Unbeeindruckt schickte der Pharao die beiden Männer wieder hinaus. Doch auch bei der nächsten Plage holte der Pharao seine Zauberer hinzu, die in gleicher Weise Stadt und Land mit einer Froschplage übersäten. Obwohl auf Anraten Moses´ Gott, der Herr, die Frösche wieder in den Nil geschickt hatte, ließ der Pharao die Israeliten nicht ziehen. Auch bei der nächsten Plage holte der Pharao seine Zauberer. Nur hier versagten sie. (90) Sie konnten keine Mücken herzaubern wie Aaron und Moses und die Zauberer sprachen zum Pharao: „Das ist Gottes Finger!" (91) Auf dem Heimweg sagte Aaron zu Moses: Wir müssen den Herrn, unserem Gott, bitten, endlich das Herz des Pharaos zu erweichen und nicht weiterhin zu verhärten. Sonst können wir, wie bereits gesagt, noch so viele Wunder vollbringen und er wird unser Volk niemals ziehen lassen." Worauf Moses meinte: „Aaron, wir sind doch schon einen Schritt weiter. An den Stechmücken sind die Zauberer des Pharao verzweifelt und gescheitert." „Aber trotzdem hat uns der Pharao nicht ziehen lassen." So gingen sie weiter und Gott, der Herr, schickte sie wieder zum Pharao, dieselbe Bitte vorzutragen, während der Herr mithilfe einer Pest alle Tiere der Ägypter, aber nicht die Tiere der Israeliten umbrachte. Doch auch diese Tragödie, die unschuldige Tiere wie Kühe, Pferde, Esel, Schafe, Katzen, Hunde in den qualvollen Tod trieb, konnte das Herz des Pharaos nicht erweichen, sondern Gott, der Herr, verstockte es weiterhin. Aber das war noch lange nicht das Ende der brutalen Wunder, den Pharao zu bewegen, die Israeliten ziehen zu lassen. Denn Gott, der Herr, schickte Moses und Aaron auf ein Neues zum Pharao. Vor ihm stehend warf Moses Ruß in die Luft und alle Ägypter erkrankten umgehend an Pocken. Es war eine der gefürchtetsten Krankheiten. Sie überzog das ganze Land mit dieser unheilvollen Epidemie. Bei hohem Fieber entwickelte sich auf der Haut stark juckende, mit heller Flüssigkeit gefüllte Pusteln, die mit sehr auffälligen Blatternarben, also Narben, eigentlich abheilen. (92) Selbst die Zauberer konnten nichts ausrichten, denn auch sie waren voller Pocken. Trotzdem verstockte der Herr das Herz des Pharaos, der bei seiner Meinung blieb. (93) Die schlimmen Pocken waren aber erst die sechste Plage, die letztendlich nichts bewirkte. Gott, der Herr, musste den Missmut von Moses gespürt haben, denn er sprach zu ihm: „Moses, ich hätte das ganze Volk der Ägypter mithilfe einer Pest völlig vernichten können. Das kannst du dem Pharao sagen. Aber ich habe es nicht getan, auf dass ihm meine Kraft erscheine und er meinen Namen in allen Ländern verkünde." Mit neuer Zuversicht ging Moses wieder los und streckte im Beisein des Pharos seinen Stab gen Himmel, wie ihm der Herr befohlen hatte. Da ließ der Herr es donnern und hageln und Feuer schoss auf die Erde nieder. Und der Hagel erschlug in ganz Ägypten alles, was auf dem Felde war, Menschen und Vieh und erschlug alles Gewächs auf dem Felde und zerbrach alle Bäume. (94) Da endlich knickte der Pharao ein und bat Moses: „Bitte aber den Herrn, dass er ein Ende mache mit diesem Donnern und Hageln, so will ich euch ziehen lassen, dass ihr nicht länger hier bleiben müsst." (95) Doch als der Pharao sah, dass das fürchterliche, alles zerstörende Gewitter aufhörte, wurde er wieder rückfällig und ließ die Israeliten nicht ziehen. Doch Gott, der Herr, hatte nicht all seine Wunder demonstriert. Er verstockte weiterhin das Herz des Pharao, um allen Ägyptern und ihren Nachfahren zu zeigen, wer hier der Herr im Land ist, denn er hatte doch noch weitere Mittel, seine göttliche Macht zu zeigen. Das nächste Mittel war nämlich die Heuschreckenplage dran. Diese Heuschrecken bedeckten den Erdboden so dicht, dass er ganz dunkel wurde. Und sie fraßen alles, was im Lande wuchs. (96) Moses wurde wieder zum Pharao gerufen, der nun die Israeliten ziehen lassen wollte. Doch kaum waren die Heuschrecken durch Gottes Einwirken wieder verschwunden, verstockte Gott das Herz des Pharaos. Aber nicht nur Aaron wurde langsam ungeduldig, sondern auch der Pharao. Als nämlich nach der nächsten Plage, die aus drei Tagen und Nächten mit undurchdringlicher Dunkelheit bestand, der Pharao Moses zu sich rief, sagte er zu Moses: „Das ist das letzte Mal, dass ich dich rufe. Wenn ich dich noch einmal sehe, werde ich dich töten lassen", worauf Moses trotzig antwortete: „Wie du gesagt hast; ich werde dir nicht mehr vor die Augen kommen." (97)

AUSZUG AUS ÄGYPTEN

Es war schon dunkel geworden, aber die trockene Luft blieb noch immer sehr heiß. Die ägyptischen Männer saßen vor ihren lehmfarbenen Häusern und diskutierten und gestikulierten aufgeregt mit ihren Händen. Dieses Bild bot sich in allen Städten Ägyptens, während auf dem Lande kaum noch jemand lebte, ja sogar das Vieh zum großen Teil, erschlagen vom letzten Hagel, nicht mehr da war. „Warum lässt unser König nicht das Volk der Israeliten endlich ziehen? Ich kann das nicht verstehen", schrie jemand auf dem kleinen Platz, auf dem sich schon eine Traube von Menschen angesammelt hatte. „Erst der blutende Nil, dann die Invasion der Frösche, Stechmücken!" „Und nicht zu vergessen, die Stechfliegen!" „Ja, dann noch die grausige Viehpest!" „Und wie viele von uns sind danach an den Pocken gestorben?" „Und der Hagel hat unser Vieh und viele Knechte auf dem Land erschlagen. Wir sind ruiniert und der Pharao schickt die Israeliten mit ihrem gewalttätigen Gott immer noch nicht in die Wüste." „Du hast die Heuschrecken vergessen!" „Und die Tage der Finsternis. Da sah man die eigenen Hände nicht vor den Augen!" Da kamen weitere Männer aus den anderen Straßen herbei gerannt und riefen: „Seht mal, was die Hebräer jetzt machen?" „Was ist los?" rief die aufgebrachte Meute. „Sie beschmieren ihre Eingänge mit Tierblut! (98) Die Israeliten sind nicht bei Verstand. Wir sollten sie endlich vertreiben! Was hat denn ihr Gott nun wieder vor?" Alle Männer redeten wild durcheinander. Vom Palast des Pharao kam ein Reiter. Das Kamel kniete nieder und der Bote vom König stieg ab und rief: „Befehl vom König! Sammelt all euer Silber und Gold und sonstiges wertvolles Geschmeide und gebt alles den Hebräern, damit sie unser Land verlassen!" Mit dem Gedanken, die brutalen Plagegeister endlich los zu werden, rannten sie in ihre Häuser, um dem Befehl des Pharaos eilig nachzukommen. (99) Das Geschrei der Frauen und Mädchen war unüberhörbar und drang aus allen Wohnungen auf die Straßen. Die Sonne war längst untergegangen, die letzten vom Hagel übrig gebliebenen Vögel waren verstummt und der Mond beleuchtete die Plätze, auf denen sich wieder die Männer der Stadt versammelt hatten. Die Frauen hatten sich mittlerweile wieder beruhigt. Die Männer unterhielten sich im Flüsterton, da sich ihre Frauen so langsam zur Ruhe legten. Es war bereits Mitternacht. Doch plötzlich schrien sie wieder, erst nur wenige, dann immer mehr und noch viel dramatischer als am Abend. Sie rannten aus ihren Häusern zu den Männern und riefen: „Er ist tot. Ganz plötzlich!" Eine andere hielt ihr Baby in den Armen und schrie: „Es ist tot, es ist tot, es ist tot!" Der Pulk der Männer löste sich auf und jeder rannte zu seinem

Haus. In jedem Haus, in jeder Wohnung, in jeder Familie lag ein toter Mensch. „Es sind überall die Erstgeborenen! Das kann nur der Gott der Hebräer gewesen sein!" „Erstgeborene, Erstgeborene wisst ihr überhaupt, was das bedeutet? Mein Vater ist tot. Er war der Erstgeborene meiner Oma. Und auch mein Sohn ist tot, unser Erstgeborener und mein ältester Bruder, der Erstgeborene meiner Eltern. Allein in unserer Familie sind drei Tote. Meine Frau hat einen Nervenzusammenbruch, meine Oma einen Herzinfarkt. Ich bin am Ende. Alle heulen, sind am Boden zerstört. Was haben wir denn verbrochen?" Jeder Versuch, ihn zu trösten, versagte. Er setzte sich mitten auf die Straße, hockte wie ein Häuflein Elend und weinte bitterlich. Ein anderer schrie: „Lasst uns mal zu den Hebräern gehen. Ich will wissen, was bei ihnen los ist!" So rannten einige Männer die Straßen entlang und kamen an die Türen, die mit Tierblut beschmiert waren. Ein Israelit stand in seiner Tür. „Gibt es bei euch auch Tote?" Der hebräische Mann schüttelte mit dem Kopf: „Uns hat unser Herr verschont, damit ihr uns endlich ziehen lasst, hat er euch das angetan." Er sprach sehr schnell und verschwand sofort wieder in sein Haus. Die Tür knallte zu. Die Männer auf der Straße schauten sich entsetzt an. Als sie zurück auf den Marktplatz kamen, standen schon hunderte Menschen dort und diskutierten aufgebracht. „Auch der Erstgeborene des Pharao soll tot sein", hieß es überall. „Dann gehe ich auch heute nicht zum Richter. Ich erwarte eine kleine Strafe. Und wenn der Richter auch einen Toten in seiner Familie hat, wird die Strafe mit Sicherheit viel härter ausfallen." „Am besten, du schließt dich den Hebräern an und flüchtest mit ihnen. Dann passiert dir nichts." Das hatten auch andere gehört und es zog wie ein Lauffeuer durch die Straßen, durch alle Städte und Dörfer. Immer mehr Ägypter versammelten sich an den Stadttoren, wo schon Tausende der Israeliten mit den Familien und ihren Tieren standen, bereit, Ägypten zu verlassen. So schlossen sich unzählige ägyptische Männer und Frauen den Israeliten an. Im Gegenzug hatten sich auf den Märkten schon die ersten Ägypter mit Dolchen, Schwertern und Knüppeln bewaffnet, um die Hebräer aus der Stadt zu treiben. „Habt ihr das auch gehört", riefen viele völlig aufgebracht. Die Israeliten haben diesen Tag der flächendeckenden Ermordung all unserer Erstgeburten zu ihrem höchsten Feiertag, dem Passa-Fest (101) erklärt und dieser Monat soll ihr erster Monat des Jahres sein!" (100) Am Stadttor hielten sich auch Moses und sein Bruder Aaron auf. Ein Ägypter, der mit hinausziehen wollte, fragte Moses: „Wo ziehen wir denn eigentlich hin. Wir wollen mitkommen und möchten gerne den Weg und das Ziel wissen." Moses wiederholte, was ihm der Herr gesagt hatte: „Der Herr wird uns in das Land der Kanaaniter, Hetiter, Amoriter, Hiwiter und Jebusiter führen, dort, wo Milch und Honig fließen." Darauf antwortete der flüchtende Ägypter, der sich der gerechten Strafe seines Volkes entziehen wollte: „Mit der Hilfe eures starken Gottes werdet ihr sicher all die Völker vernichten können. Da sind wir dabei." Und so zogen die Israeliten, vollgepackt mit ihrer Beute von Gold und Silber, zu Hunderttausenden, zusammen mit vielen Hunderten Ägyptern unter dem Kampfesgeheul der aufgebrachten Einheimischen aus der Stadt in die nächstgelegene Wüste.

ISRAELS DURCHZUG DURCHS SCHILFSMEER

„He, Marik! Du bist auch hier?" rief Shukran, ein ägyptischer Flüchtling. „Schön, dich hier zu finden. Dann sind wir nicht allein. Komm, wir gehen zusammen. Dann können wir uns unterhalten", antwortete Marik und umarmte seinen früheren Freund. Beide hatten sich mit kleineren Diebstählen ihren Lebensunterhalt aufgebessert, bis man sie erwischte und anzeigte. Sie sollten in den nächsten Tagen dem Richter vorgeführt werden. Aber sie nutzten die Gelegenheit, mit den Hebräern Ägypten unbeobachtet zu verlassen. „Ich bin ja mal gespannt, wo es hingeht. Man spricht von Kanaan. Ich war dort noch nie. Die Karawanenführer sprachen von einer Wochenreise quer durch die Wüste. Eigentlich müssten wir uns viel südlicher halten. Aber wir gehen ostwärts direkt auf das Rote Meer zu." „Marik, du scheinst dich sehr gut auszukennen. Ich war hier noch nicht. Aber mich würde es nicht wundern, wenn unser Pharao, sobald er den Tod seines Sohnes überwunden hat, seine Soldaten hinter uns herschickt. Überleg mal: Plötzlich sind alle Fronarbeiter und Sklaven nicht mehr im Lande. Die Baustellen stehen still. Da muss sich unser König etwas einfallen lassen." „Ich kann mir auch nicht vorstellen, dass Isis, unsere göttliche Herrscherin auf Erden hier eingreift", sagte Shukran. „Dafür wäre ja auch eigentlich unsere Kriegsgöttin Anat zuständig. Aber ich glaube auch, so wie du es sagst, wird es nicht lange dauern, bis die Reiter mit ihren Kampfwagen da sind." Marik sollte Recht behalten. Die beiden Flüchtlinge waren die letzten im Tross. Nach wenigen Tagen, es wurde langsam dunkel, sahen sie hinter sich eine riesige Staubwolke. Sie rannten spontan nach vorne zu den Israeliten, die sofort aus Angst nach Moses riefen. „Schau, Shukran, dort steht Moses, der die Israeliten führt. Ich kann ein wenig hebräisch. Die Menge beschwert sich bei ihm, dass sie Angst habe, hier zu sterben. Sie hätten besser Sklaven bleiben sollen. Dann würde sie noch leben." „Jetzt spricht Moses. Was sagt er?" „Er sagt, die Israeliten sollen weitergehen und ihr Gott wird für sie streiten." (102) „Was passiert denn da?" erschrak Marik. Die Wolkensäule, die bisher vor dem Menschentross herzog und den Weg vorgab, bewegte sich plötzlich an der Menschenmenge vorbei und hielt hinter allen Israeliten und mitgelaufenen Ägyptern an. Sie versperrte den Blick auf die ankommenden Reiter mit ihren Wagen. Nach und nach verfinsterte sich die Wolke, während sie nach vorne hin Helligkeit ausstrahlte. Da hob Moses seinen Stab und streckte ihn zum Meer. Wie aus dem Nichts fegte ein mächtiger Ostwind heran und blies mit quasi überirdischer Kraft das Meerwasser so frei, dass sich links und rechts riesige Wasserwände auftürmten und in der Mitte ein trockener Weg sichtbar wurde. Überwältigt von diesem plötzlichen Naturereignis und voller Zuversicht, dass ihr Gott ihnen wieder half, zogen die Israeliten durch die trocken gefegte Meeresschneise. (103) Am anderen Ufer angekommen, richteten sich alle Blicke wieder auf Moses, der seinen Stab hob und zum zurückliegenden Meer streckte. (104) Der gewaltige Ostwind ebbte in wenigen Augenblicken ab. Das Meerwasser schoss wieder zurück in sein ursprüngliches Bett. Marik und Shukran schauten sich ebenso um wie die Hebräer, denn sie hörten Schreie der Angst und Verzweiflung. Das Meerwasser schlug über die ägyptischen Verfolger samt ihrer Wagen und Pferde zusammen und begrub alles Leben unter sich. Marik und Shukran fielen auf die Knie und fingen an, fürchterlich zu weinen. Waren doch alle Männer, die im Meer ertranken, ihre Landsleute gewesen. „Marik, ich denke an die Familien, die Frauen und Kinder der umgekommenen Männer. Was ist das für ein Gott, dieser Gott der Israeliten? Nur damit die ganze Welt ihn als den Mächtigsten anerkennt? (108) Es hätte völlig ausgereicht, die Männer nur bis zum Meer zu lassen und ihnen den Weg zu versperren. Warum dieses ungeheure Leid?" Shukran verbarg mit den Händen sein Gesicht. Keiner sollte sehen, wie heftig er heulte. Allmählich verdünnte sich die Leuchtsäule vor den Israeliten zum Tageslicht. Es wurde Morgen und nun sah man am Ufer die unzähligen angeschwemmten Leichen der Männer liegen, die ihnen gefolgt waren. (105) Marik und Shukran waren entsetzt. Aber sie hatten keine Wahl, sie mussten weiter laufen. Unterwegs trauten sie ihren Ohren nicht, denn die Hebräer fingen an zu singen. "Shukran, kannst du verstehen, was sie singen?" "Ja, so ungefähr, aber ich will dir das nicht übersetzen." "Bitte, Shukran, nimm keine Rücksicht auf mein Herz, sage es mir. Ich bin auf alles gefasst." "Nur, weil du mich bittest", sagte Shukran. "Aber nur wenige Sätze. Eine Strophe lautete: Ich will dem Herrn singen, denn er hat eine herrliche Tat getan, Ross und Mann hat er ins Meer gestürzt. Der Herr ist der rechte Kriegsmann. Herr, deine rechte Hand hat die Feinde zerschlagen. (106) Herr, wer ist dir gleich unter den Göttern? Wer ist dir gleich, der so mächtig, heilig, schrecklich, löblich und wundertätig ist." "Shukran, das reicht. Ich habe genug gehört."

IN DER WÜSTE

Die unüberschaubare riesige Menschenmenge bewegte sich langsam immer weiter in die Wüste. Die

Kinder waren die ersten, die anfingen zu jammern, selbst ihre Mütter konnten sie bald nicht mehr beruhigen. Zusammen mit den Männern zogen Gruppen zu Aaron und Moses. Unterwegs kamen sie an kleinen Tümpeln vorbei. Aber das Wasser stank und man konnte es nicht trinken. Man rief nach Moses. Er kam und sah das verseuchte Wasser, schaute zum Himmel, kniete sich hin, nahm ein Stück Holz und warf es ins braune Wasser. (109) Schlagartig wurde es klar. Aaron bückte sich und schöpfte mit beiden Händen etwas Wasser und schlürfte es aus. „Es ist süß und schmeckt. Das könnt ihr alle trinken. Aber gebt es erst den Kindern und Frauen." Nach vielen Stunden konnten auch die mitgereisten Ägypter von dem Wasser trinken. Sie füllten ihre füllten die Ziegenbeutel für die kommende Wanderung. Aber das Wasser reichte nur für wenige Tage. Nach gut zwei Wochen fing das Volk schon wieder an, sich bei Moses zu beschweren. Nicht nur der Durst quälte sie, sondern auch der Hunger. Sie waren harte Fronarbeit in der Hitze gewohnt und mit wenig Nahrung auszukommen. Aber jetzt war ihre Geduld am Ende. „In Ägypten bekamen wir wenigstens etwas zu essen. Sind wir nun in die Wüste gezogen, um zu sterben?" Der Unmut der Massen wurde immer größer. Marik und Shukran, die beiden jungen Ägypter sahen, wie Aaron und Moses einen Berg hinauf gingen und kurz vor Sonnenuntergang wieder hinunter kamen. Sie wurden von der

Volksmasse freudig begrüßt, denn gleichzeitig verfinsterte sich der Himmel mit unzähligen Wachteln. (110) Geschickt fingen die Männer sie ein, schnitten ihnen die Hälse durch und gaben sie den Frauen zum Rupfen. Endlich hatte das Volk wieder Fleisch zu essen. Am nächsten Morgen war die ganze Umgebung der Zeltstätte mit Tau benetzt. Als sich dieser verzog, lagen bis zum Horizont unendlich viele rundliche Bällchen umher. Sie sahen aus wie Koriandersamen und hatten einen Geschmack wie Semmel mit Honig. Die Hebräer nannten es Manna und aßen es anstelle von Brot. (111) Zum Glück konnten Marik und Shukran nicht ahnen, dass sie sich 40 Jahre lang so ernähren mussten. (112) Da das Volk Israel weiterzog, immer tiefer in die Wüste, war es nicht verwunderlich, dass das Volk immer durstiger wurde. Marik und Shukran hatten sich ganz nach vorne durchgeschlagen und sie hörten das Wehklagen der Hebräer. Plötzlich sahen sie, wie Moses alleine hinter einer Düne verschwand. Neugierig liefen sie hinter ihm her und hörten ihn schreien: „Was soll ich mit dem Volk tun? Es fehlt nicht viel und es wird mich steinigen!" (113) Shukran übersetzte Marik den Ausruf von Moses und sagte: „Lass uns schnell wieder zurückgehen, damit uns Moses nicht sieht. Ich glaube, er hat mit seinem Gott gesprochen." Unbemerkt mischten sie sich wieder in die Menschenmenge und da kam auch schon Moses und wies dem Volk den Weg zum Fels Herob. Dort schlug er mit seinem Stab gegen die Felswand, die sich öffnete und ein gewaltiger Sturzbach schoss aus einem Felsriss. Die Menschen schrien vor Freude, rempelten sich gegenseitig um, stießen und schubsten sich und stürzten zum neuen Gewässer.

KAMPF GEGEN DIE AMALEKITER

„Marik, ich glaube, ich erkenne die Gegend wieder, wir sind auf dem Weg nach Rifidim. Dort leben doch die Amalekiter", sagte Shukran. „Entweder machen wir einen großen Bogen um diesen Volksstamm oder es wird zum Kampf kommen." „Wenn das passiert, können wir uns nicht heraushalten." „Wie meinst du das?" „Schau mal, die Israeliten geben uns täglich Wachteln und Manna und wo wir hinkommen, sorgt Moses für Wasser. Da sind wir in ihrer Schuld. Und wenn es zu einem Kampf kommen sollte, bin ich auf jeden Fall dabei. Ich bin froh, dass wir unsere Schwerter mitgenommen haben." „Dann werde ich dich nicht im Stich lassen und an deiner Seite kämpfen." Sie stampften mühsam durch den heißen Sand, der auch zwischen ihren Zähnen knirschte, und kamen an einem Berg vorbei. „Shukran, schau mal, Moses steigt auf den Berg, Aaron ist dabei und noch einer, den ich nicht kenne." Während Shukran zum Berg hinausschaute, kam am Horizont eine riesige Staubwolke langsam auf sie zu. Unruhe entstand im Volk. Die Israeliten schickten all ihre Frauen und Kinder hinter den Berg. Die Wolke kam näher und es blinkten Lanzen und Schwerter in der schräg stehenden Sonne. Ein Kriegsgeschrei der Israeliten entlud ihre Kampfeslust und die vorderste Front der Männer hielt ihre Schwerter drohend gen Himmel. Marik und Shukran zückten ihre Schwerter und versuchten, so gut es im tiefen Sand möglich war, zu rennen. Marik schaute zum Berggipfel und sah, dass Moses seinen Stab nicht mehr hoch zum Himmel hielt. Vor ihm schrien verzweifelt die Hebräer. Immer mehr erlagen den Angriffen der Amalekiter. Oben auf dem Berg bewegte sich etwas. Moses hatte sich auf einen Stein gesetzt und die beiden Männer neben ihm stützten seine Arme, die nun wieder den Stab nach oben hielten. (114) An der Front kämpften sich immer mehr Hebräer durch die Reihen der Gegner. Als Marik und Shukran vorne ankamen, waren die Amalekiter geschlagen, ihre blutenden Körper bedeckten die Sanddünen. Auch die Israeliten hatten Tote und Verletzte zu beklagen, aber sie hatten die Schlacht gewonnen. Noch am Abend sahen die beiden Ägypter, dass Moses einen Altar aufschichtete. Sie gingen neugierig hin und hörten ihn beten: „Der Herr führt Krieg gegen Amalek von Kind zu Kindeskind." (115)

DIE ZEHN GEBOTE

Nach zwei mühsamen Monaten gelangte das israelitische Volk zusammen mit den geflüchteten Ägyptern zur Wüste Sinai. Sie lagerten am Fuße eines

Berges. (116) Nachdem sie sich einigermaßen häuslich eingerichtet und ihre Zelte aufgeschlagen hatten, ertönte aus heiterem Himmel eine Posaune, Blitze schlugen ein und es donnerte gewaltig. Eine dunkle Rauchwolke umgab den Berggipfel. (117) Als die Menschen im Tal dieses merkwürdige Naturereignis sahen, flohen sie und blieben in der Ferne stehen. (118) Auch Marik und Shukran sahen, wie Moses den Berg hinaufstieg und in der dunklen Wolke verschwand. Dort blieb er vierzig Tage und Nächte. (119) „Marik, schau, da kommt Moses wieder vom Berg. Er hat zwei schwere Steintafeln dabei!" Shukran stand auf, um besser sehen zu können. Dabei hörte er aus der Menge der Hebräer Rufe: „Diese Tafeln soll Gott persönlich geschrieben haben. Da sollen zehn Gebote drauf stehen!" (120) Die Hebräer hatten die vierzig Tage und Nächte nicht nur zum Warten auf Moses genutzt, sondern angefangen zu feiern, also sich zu vergnügen und zu tanzen. Die beiden Ägypter hatten mit Erstaunen miterlebt, dass die Israeliten all ihren goldenen Schmuck sammelten und ihn einschmolzen. Mit erstaunlichem handwerklichem Geschick hatten sie daraus ein kleines goldenes Kalb gegossen und geformt, das sie mitten auf ihren Platz zwischen den Zelten aufgestellt hatten. (120) Sie tanzten und sangen, als Moses den Berg hinunterstieg. Da sah Shukran, wie Moses die beiden Steintafeln hochhob und sie dann mit aller Kraft auf dem Felsen zerschlug. (121) „Was ist passiert?" fragte Shukran auf gebrochenem hebräisch die Leute, die in seiner Nähe standen. „Was haben sie gesagt?" fragte nun Marik seinen Weggefährten. „Moses hat das goldene Kalb gesehen und ist sehr wütend geworden." „Komm, lass uns näher herangehen. Ich will auch sehen, was da los ist." Sie zwängten sich durch die Menge der Israeliten, bis sie in Sichtweite zu Moses standen. Moses hingegen hatte sich auf eine kleine Anhöhe gestellt und rief: „So spricht der Herr, der Gott Israels: Ein jeder gürte sein Schwert um die Lenden und gehe durch das Lager hin und her, von einem Tor zum anderen und erschlage seinen Bruder, Freund und nächsten!" (122) Marik und Shukran schauten sich erschrocken an. Gott sei Dank waren sie nicht gemeint. Aber dem Gott Israels war ja alles zuzutrauen, dachten beide gleichzeitig. Die Söhne Levi aber sammelten sich und zogen mordend durch das riesige Lager. Und es fielen an dem Tage vom Volk dreitausend Mann. (123) Die beiden ägyptischen Flüchtlinge hatten nun unmittelbar und hautnah die Brutalität der Israeliten und ihres Gottes kennengelernt. Um nicht selbst in irgendeine Falle zu geraten, versuchten sie, soviel wie möglich über die neuen Gesetze zu erfahren, die Moses nach und nach verkündete. Moses hatte außerhalb des Lagers ein auffällig großes und schönes Zelt aufbauen lassen. Dafür sammelte das Volk wertvolle Stoffe, knüpfte farbenfrohe Teppiche und verzierte das Zelt mit goldenem Schmuck. (124) Und immer, wenn Moses zum Gotteszelt ging, standen die Männer des Volkes in den Türen ihrer Zelte und schauten ehrfurchtsvoll Moses hinterher. In diesem Zelt, das sie Stiftshütte nannten, kamen Moses und Gott zusammen, um miteinander zu reden. Dass Gott, der Herr, in die Stiftshütte kam, konnte jeder schon von weitem sehen, denn eine mächtige dunkle Wolke verhüllte das schöne Zelt. Nach solchen Treffen sprach Moses zu seinem Volk und erklärte die neuen Gesetze und auch die zehn Gebote, die nun auf den beiden neuen Steintafeln standen. (125) Marik fragte wieder seinen Freund, der sich schon sehr gut in die Sprache der Hebräer eingefühlt hatte: „Shukran, seit Wochen offenbart Moses seinen Leuten die neuen Gesetze. Es müssen ja schon Hunderte sein. Sage mir, was du verstanden hast!" Shukran nahm Marik mit in sein kleines Zelt und sie setzten sich gegenüber. Shukran sprach leise. Es sollte ihn keiner von außen hören: „Marik, alles kann ich dir wirklich nicht sagen, aber ich glaube, ich habe das Wichtigste verstanden." Marik war extrem gespannt und hörte sehr aufmerksam zu. „Als erstes geht es immer wieder um ihren Gott. Er sagt, dass er der einzige sei und er keine weiteren neben sich dulde. In dieser Hinsicht sei er extrem nachtragend." (126) Marik zog fragend die Augenbrauen hoch. „Ich zitiere mal Moses genau: ... ich, dein Gott, bin ein eifernder Gott, der die Missetat der Väter heimsucht bis ins dritte und vierte Glied an den Kindern derer, die mich hassen." „Und auf der anderen Seite steht er zu denen, die ihn nicht hassen, kann ich mir gut vorstellen", warf Marik ein. „Genau so ist es. Das haben wir schon zuhause erlebt. Mit uns Ägyptern war er unbeschreiblich brutal und sein eigenes Volk führte er mit Gold unserer Leute aus dem Land." „Genauso war es. Barmherzigkeit erweist er an diejenigen, die ihn lieben. Im Gegenzug dazu, will er keinen ungestraft lassen, der seinen Namen missbraucht." (127) Marik schaute sein Freund ungläubig an. „Aber das ist noch nicht alles. Weiter heißt es: Ich bin ein eifernder Gott, der die Missetat der Väter heimsucht bis ins dritte und vierte Glied, an den Kindern derer, die mich hassen. So heißt es wörtlich. „Das bedeutet, dass sogar die Ur-Ur-Enkel der, sagen wir mal, Sünder für die Missetat ihrer Ur-Ur-Großväter auch noch bestraft werden, die nichts dafür können, was ihre Ur-Ur-Großväter verbrochen haben?" Das scheint wohl so zu sein. Marik schüttelte verständnislos den Kopf. „Und was steht sonst noch auf den Steintafeln?" fragte er, neugierig geworden. „Soweit ich mich erinnern kann, was wir in Ägypten auch nicht sollten, zum Beispiel, du sollst nicht töten, nicht ehebrechen, nicht stehlen und nicht lügen." „Das verstehe ich nun überhaupt nicht, Shukran. Moses hatte doch schon die Gebote von seinem Gott bekommen und dann hat er befohlen, dreitausend Hebräer zu ermorden? Wie passt das denn zusammen?" „Das kann ich dir auch nicht sagen.

Zumal das ganze Volk um das goldene Kalb getanzt hat und nicht nur die dreitausend Männer. Diese Männer waren völlig willkürlich ausgewählt worden. Und außerdem hatte der Bruder von Moses, also Aaron, die Leute angestiftet, ihr Gold einzusammeln." „Und was hat Moses mit ihm gemacht?" „Moses hat seinen Bruder zum höchsten Priester geweiht." (135) „Das glaube ich jetzt nicht." „Doch, so war es." „Wie passt denn dazu der Befehl, die vielen Männer zu ermorden? Wir haben ja gesehen, welches Leid dieser Massenmord bei deren Frauen, Müttern und Kindern bereitet hatte." „Bitte sprich nicht so laut! Wenn das jemand gehört hat, bringt man uns nachher auch noch um, zumal wir noch nicht einmal Israeliten sind." Shukran nickte und schwieg. Es wurde dunkel und die beiden Freunde verließen das Zelt. Ohne ein Wort miteinander zu wechseln, schritten sie möglichst unauffällig an den Zelten der Hebräer vorbei und verließen das Lager in Richtung einer langen Düne. Hinter der Düne liefen sie noch eine kleine Strecke ins Tal, bis man sie vom Lager aus nicht mehr sehen konnte. Sie setzten sich auf den noch sehr warmen Sand und Marik fing wieder an zu fragen: „Shukran, hier kann uns keiner sehen oder hören. Bitte erzähle mir von den anderen Gesetzen, damit wir keinen Fehler machen." „Ich habe nicht alles verstanden und es ist so viel, dass ich nicht alles behalten habe." „Dann erzähle mir wenigstens das, was du behalten hast und für uns lebenswichtig ist."

Shukran überlegte: „Also, der Gott der Israeliten ist anders als unsere Götter der Liebe. Er sagt, er sei der einzige Gott und er dulde keine anderen Götter neben sich. Und wer sich nicht daran hält, den will er bestrafen. Aber damit nicht genug: Er droht sogar, dessen Kinder und Enkel dafür zu bestrafen. Das weißt du ja schon. Es scheint, dass er sehr gerne straft. Also, zum Beispiel, wer einen Menschen erschlägt, der soll des Todes sterben." (128) „Und was geschieht mit einem Mann wie Moses, der befohlen hat, dreitausend Männer zu ermorden?" „Soweit ich weiß, ist mit ihm nichts passiert. Aber diesen Massenmord hat ja auch sein Gott befohlen." Shukran kam ins Grübeln. Doch nach einer kleinen Pause sprach er weiter: „Aber schlimm ist auch das: Wer seine Eltern schlägt oder sie auch nur verflucht, soll des Todes sterben." (129) „Als wenn alle Eltern, nur weil sie Eltern sind, grundsätzlich lieb und gerecht sind. Da habe ich ganz andere Erfahrungen gemacht." „Bitte bedenke, dass damit ja nur die Eltern von Hebräern gemeint sind. Wir haben damit ja nichts zu tun. Aber für uns könnte es wichtig sein, dass man Zauberinnen nicht am Leben lassen soll." (130) „Das heißt, Zauberer lässt man am Leben. Ich kenne keine Zauberinnen." „Ich auch nicht. Aber vielleicht ist für uns folgendes wichtig: Ein Gesetz lautet: Fremdlinge sollst du nicht bedrängen und bedrücken, weil sie selbst in Ägypten Fremdlinge waren." „Das ist schon mal beruhigend." „Auf der anderen Seite soll im Falle einer schweren Handlung gleiches mit gleichem geahndet werden: Leben um Leben, Auge um Auge, Zahn um Zahn, Hand um Hand und Fuß um Fuß, Brandmal um Brandmal, Beule um Beule, Wunde um Wunde. Also wenn du einem Hebräer ein Auge heraushaust, musst du damit rechnen, dass sie dir auch ein Auge zerstören, und so weiter." (130) Marik überlegte und sagte dann: „In Ägypten damals, soweit ich mich erinnern kann, wurde man nur in der Härte, aber nicht in der Art der Handlung bestraft. Für eine Gewalttat gab es Gefängnis oder Frondienst. Bei den Gesetzen des Gottes Israels deutet ja alles auf Rache hin und nicht auf Gerechtigkeit." „Ja, es scheint so zu sein, dass Rache bei ihnen etwas sehr Göttliches sein muss." „Moses hat aber auch gesagt, was sein Gott ihm auf den Weg gab: Du sollst dich nicht rächen, noch Zorn bewahren gegen die Kinder deines Volks. Du sollst deinen Nächsten lieben wie dich selbst." „Aber das passt doch nun gar nicht zu dem, was Moses selbst befohlen hat." „Da könntest du Recht haben. Ich habe den Eindruck, dass die Liebe für den Nächsten sich nur auf die Israeliten bezieht, aber nicht auf andere Völker. Wie dem auch sei. Wir müssen auf jeden Fall aufpassen, dass wir nicht am Sabbat arbeiten, sonst riskieren wir unser Leben. Einzelheiten erkläre ich dir später. Lass uns erst einmal zurückgehen, sonst wird man noch auf uns aufmerksam." (132) Die orangefarbene große Sonne senkte sich bereits hinter den Dünen und die beiden Ägypter standen auf und gingen zurück zum Lager der Israeliten. Schon von weitem sahen sie das Licht über der Stiftshütte glühen, das die dunkle Wolke abgelöst hatte. Im Lager bemerkten sie, dass einige Handwerker verschiedenes Gerät zusammentrugen. „Was habt ihr vor?" fragte Shukran einen der Hebräer. „Wir bauen einen großen Kasten, eine Bundeslade, für die Steintafeln mit den zehn Geboten. Diese soll uns für immer begleiten und überall mit hingenommen werden." Es dauerte viele Tage, bis die Israeliten die Bundeslade, verziert mit Engelfiguren, fertig gestellt hatten. Marik und Shukran liefen durch die Zeltstadt der Israeliten, um noch mehr über ihre Gesetze und Gebote zu erfahren. Da hörten sie, wie sich Israeliten stritten und beschimpften. Es zankte sich der Sohn einer israelitischen Frau und eines ägyptischen Mannes mit einem israelitischen Mann. (133) Der junge lästerte den Namen des Herrn und fluchte. Da packten einige kräftige Israeliten den jungen Mann, nahmen ihn gefangen und brachten ihn zu Moses. Marik und Shukran schlossen sich neugierig dem Mob an und folgten ihm bis zum Zelt von Moses. Moses hörte sich die Anschuldigungen an und lief zur Stiftshütte. Nach gut einer Stunde kehrte er zurück und sagte der aufgebrachten Menge: „Gott, der Herr, hat mir folgendes aufgetragen: Lass den Flucher hinaus vor das Lager führen und lass alle, die es gehört haben, ihre Hände auf sein Haupt legen und dann lass die ganze Gemeinde ihn steinigen und ich soll euch sagen: Wer des Herrn Namen lästert, der soll des Todes sterben. Die ganze Gemeinde soll ihn steinigen. Ob Fremdling oder Einheimischer, wer den Namen lästert, soll sterben." (134) Während sich Moses wieder in sein Zelt begab, zerrte die Menge den jungen Mann mit aller Gewalt vor das Lager. Von weitem hörten Marik und Shukran die Schreie des Gesteinigten, die in der Weite der Zeltstadt noch lange nachhallten. Marik und Shukran schauten sich an. „Ich kann die Israeliten nicht verstehen, du?" fragte Marik und Shukran schüttelte den Kopf.

T O D E S U R T E I L E

Der alte Aaron, Bruder des Moses, hatte viele Söhne. Zwei hießen Nadab und Abihus. Sie lebten im Zelt neben Marik und Shukran, den beiden ägyptischen Flüchtlingen. Wie jeden Abend wurde es schnell dunkel und die Wüstenkälte begann, sich über die Dünen zu legen. Ob aus Unwissenheit oder Dummheit, keiner weiß es, warum es geschah. Da sahen nämlich die beiden Ägypter, wie Nadab und Abihus je eine Pfanne nahmen und darin ein kleines Feuer entfachten. Sie legten ein wenig Räucherwerk darauf, dass es anfing zu qualmen. „Schau mal, Shukran, unsere hebräischen Nachbarn wollen ein Opfer bringen. Ich glaube, sie gehen zur Stiftshütte ihres Gottes. Komm mit, wir gucken uns das mal an." Shukran war aufgestanden und sie folgten ihnen in ausreichendem Abstand quer durch das Zeltlager, und die Söhne Aarons gingen tatsächlich bis zur großen und auffällig bunt geschmückten Stiftshütte ihres Gottes. Doch kaum hatten sie die Pfannen vor das Zelt des Herrn abgelegt, fuhr ein mächtiger Feuerschwall über das Zelt des Gottes auf die beiden hernieder. Das Feuer war so gewaltig, dass die beiden Männer unmittelbar in den Flammen umkamen. Fast hätten die Ägypter geschrien, aber sie hielten sich die Hände vor ihre Münder, um sich nicht zu verraten. Von rechts aus der Menge kamen Aaron und Moses gelaufen. Moses hörte aus der Menge die Rufe: „Die Brüder haben ein fremdes Feuer dem Herrn gebracht, das er ihnen nicht geboten hatte!" Da sprach Moses zu Aaron: „Das ist's, was der Herr gesagt hat; ich erzeige mich heilig an denen, die mir nahe sind, und vor allem Volk erweise ich mich herrlich." Und Aaron schwieg. (136) Mit Unverständnis sah Marik seinen Freund Shukran an. Er wollte ihn wie gewohnt an die Hand nehmen, aber Shukran zog sie spontan wieder weg und sagte: „Lass uns in unser Zelt gehen. Dann erkläre ich dir, was ich gehört habe."

SCHWERE SÜNDEN

Marik kroch hinter Shukran in ihr Zelt. Der Eingang war zwar hoch genug, um aufrecht hineinzugehen, aber Shukran hatte den Eingang mit einem schweren Tuch fast ganz bedeckt, um keine fremden Blicke auf sie zu lenken. Marik setzte sich auf ein Kissen und

Shukran zog die Decke nach unten. Im Zelt wurde es dunkel. Doch schnell gewöhnten sich ihre Augen an die plötzliche Finsternis und sie konnten sich wieder gut erkennen. „Was ist denn jetzt schon wieder los? Wir haben gerade miterlebt, wie der Gott der Hebräer zwei Söhne ihres höchsten Priesters verbrannte und nun? Was ist los?" „Marik", sagte Shukran leise. „Ich habe von den Hebräern weitere neue Gesetze erfahren. Jetzt müssen wir aber gewaltig aufpassen. Also zuerst einmal die Sache mit den Sklaven. Ihr Gott hat ihnen befohlen, nur Sklaven und Sklavinnen von fremden Völkern zu kaufen. Noch sind wir hier freie Menschen. Aber wenn die auf die Idee kommen, dass wir ja eigentlich zu den fremden Völkern gehören, kann sie keiner daran hindern, uns als ihre Sklaven zu nehmen, zumal sie für uns nichts bezahlen müssen. (137) Wir sollten uns nicht mehr so in der Öffentlichkeit zeigen, damit sie nicht auf dumme Gedanken kommen." „Ach du meine Güte", stöhnte Marik. „Bei uns waren sie ja auch Sklaven, nur nun sind die Vorzeichen umgedreht." „Du sagst es. Aber das ist noch lange nicht alles. Hör genau zu. Moses hat das, mit seinen Worten gesprochen, so erklärt: Wenn jemand bei einem Manne liegt wie bei einer Frau, so haben sie getan, was ein Gräuel ist, und sollen beide des Todes sterben; Blutschuld lastet auf ihnen." (138) Marik schluckte und es wurde ihm heiß und kalt gleichzeitig. „Jetzt versteh ich dich, dass du meine Hand auf dem Rückweg nicht genommen hast.

Das ist ja schrecklich. Wir dürfen auf keinen Fall mehr auffallen. Ob wir uns auch ein zweites Zelt, also jeder ein eigenes, bauen sollten?" fragte Marik. „Das ist, glaube ich, gar keine so falsche Idee. Aber es muss völlig unauffällig geschehen. Am besten wir streiten uns mal, so wie Fremde." Während Marik schon darüber nachdachte, wie sie nun miteinander umgehen sollten, sprach Shukran weiter: „Das betrifft uns zwar nicht so direkt. Aber es wirft ein bezeichnendes Licht auf den Charakter des hebräischen Gottes. Wir haben ja vorhin mitbekommen, wir ihr Gott zwei der Söhne des hohen Priesters Aaron vernichtet hat. Und Aaron hat ja auch Töchter. Mose soll nämlich folgendes gesagt haben: Wenn eines Priesters Tochter sich durch Hurerei entheiligt, so soll man sie mit Feuer verbrennen." (139) „Und wie schnell das geht, haben wir ja gerade miterlebt. Und was ja noch dazu kommt: Man darf das nicht einmal kritisieren. Dann riskiert man auch sein Leben. Also, wir müssen absolut aufpassen. Das Leben bei den Israeliten wird mit den neuen Geboten und Gesetzen nicht einfacher."

LUSTGRÄBER

Marik und Shukran machten sich auf den Weg durch das riesige Lager der vielen hebräischen Stämme. Sie wunderten sich, dass das Volk nicht weiterzog und suchten nach Antworten. Von weitem erblickten sie die auffällige Stiftshütte und entdeckten zum ersten Mal, dass über ihr eine fast schwarze Wolke stand, obwohl es windig war. Da sprach ein Israelit sie an: „Ihr wundert euch wohl über die Wolke des Herrn?" Die beiden Ägypter nickten und so sprach der Israelit weiter: „Nachts strahlt sie wie ein helles Feuer und wenn sie anfängt zu wandern, so brechen wir auf und folgen ihr. Tagsüber zeigt sie uns den Weg. Zurzeit ist sie aber ganz ruhig und bewegt sich nicht." Marik und Shukran liefen beeindruckt weiter und kamen zu einem Menschenauflauf. „Was ist denn da los?" fragte Marik. „Komm einfach mit!" Die Menschen waren gar keine Hebräer, sondern ein fremdes Volk. (140) Die Fremden beklagten sich und jammerten. Auch einige Israeliten, die in der Nähe standen, fingen an zu weinen: „Wir können dieses Manna nicht mehr sehen. Es hängt uns zum Halse heraus. Wir brauchen Fleisch. Wir denken an die Fische, die wir in Ägypten umsonst aßen und an die Kürbisse, die Melonen, den Lauch, die Zwiebeln und den Knoblauch. Nun ist unsere Seele matt, denn unsere Augen sehen nichts als das Manna!" Die aufgebrachte Meute machte sich auf den Weg zu Moses. Als sie sein Zelt erreichten, kam Moses heraus und atmete tief durch. Er war bereits über achtzig Jahre alt und eine imposante Erscheinung. Marik und Shukran konnten den Zorn in seinem Gesicht erkennen: „Ich habe mit dem Herrn gesprochen. Er hat euer Weinen längst gehört. Darum wird euch der Herr Fleisch zu essen geben, nicht nur einen Tag, nicht zwei, nicht fünf, nicht zehn, nicht zwanzig Tage lang, sondern einen Monat lang, bis ihr es nicht mehr riechen könnt und es euch zum Ekel wird, weil ihr den Herrn verworfen habt, der unter euch ist und weil ihr vor ihm geweint und gesagt habt: Warum sind wir aus Ägypten gegangen?" (141) „Da bin ich mal gespannt", sagte Marik, der schon viel besser hebräisch verstand. Sie lösten sich aus der Menge und gingen bis an den Rand der Zeltstadt in Richtung Wüste. Was sie da sahen, verschlug ihnen die Sprache. Tausende Wachteln fielen aus heiterem Himmel und bedeckten zwei Ellen hoch die unendlichen Sandflächen. Das fremde Volk und die Israeliten rannten hinaus und sammelten ohne Ende die Vögel. Dann breiteten sie die Tiere rings um das Lager aus, um sie zu dörren. (142) „Marik, komm mit, wir gehen zurück in unser Zelt. Die Sache kommt mir sehr merkwürdig vor." Marik hätte am liebsten auch einige Vögel mitgenommen, aber er folgte seinem Freund zum Zelt. Sie konnten kaum schlafen, so häufig rannten die Leute zur Wüste und wieder zurück. Nach fast zwei Tagen saßen Tausende am Rand des Lagers und verzehrten genüsslich und schmatzend das luftgetrocknete Geflügel. „Ich glaube", sagte Marik, „jetzt könnten wir doch auch noch etwas zu essen holen. Bis jetzt ist nichts passiert." Doch sie hatten sich zu früh gefreut. Als das Fleisch noch zwischen den Zähnen der Hungrigen war, da entbrannte der

Zorn des Herrn gegen das Volk und er schlug sie mit einer sehr großen Plage. (143) Marik und Shukran stürzten Hals über Kopf wieder zu ihrem Zelt und versteckten sich. „Hatte nicht Mose gesagt, dass einen ganzen Monat Wachteln für alle kommen würden?" fragte Marik seinen Freund. „Ja genau, so hat es ihm sein Gott gesagt. Entweder hat sich Moses vertan oder ihr Gott." Noch voller Angst legten sie sich nebeneinander, als wenn sie sich gegenseitig schützen wollten und standen erst am nächsten Morgen wieder auf. Als sie in Richtung Wüste gingen, sahen sie Hunderte von Männern, wie sie Sandburgen bauten. „Was macht ihr?" fragte Shukran einen von ihnen. „Wir begraben sie alle, soweit es in der Wüste geht." Schon wenige Tage später zog das ganze Volk der Israeliten weiter nach Hazerot. Die aufgehäufte Stätte nannten sie Lustgräber, weil man dort das lüsterne Volk begraben hatte. (144)

DAS LOS DER KUNDSCHAFTER

„Shukran, hörst du die Leute rufen?" Marik stand auf und ging aufrechten Ganges zum Ausgang des Zeltes. „Der Rufer schreit so undeutlich, verstehst du etwas davon?" Shukran erhob sich auch und verließ mit Marik das Zelt. „Er ruft, dass alle Ältesten aller zwölf Stämme zu Moses kommen sollen. Komm mit, vielleicht erfahren wir, wann es endlich weitergeht. Es ist auf jeden Fall besser, als im Zelt nur zu warten." Sie wussten, wo das Zelt von Moses war und sahen, wie aus allen Stämmen einzelne Männer hervortraten und sich auch auf denselben Weg machten. Marik und Shukran setzten sich in ausreichender Entfernung hinter ein fremdes Zelt und lauschten der Rede Moses: „Ihr zwölf Älteste aller Stämme habe ich ausgewählt, hinauf ins Südland zu gehen. Seht euch das Land an, wie es ist und das Volk, das darin wohnt, ob es stark oder schwach, wenig oder viel ist." Shukran flüsterte: „Die zwölf sollen das Land auskundschaften, wohin uns dann Moses führen will. Jetzt wird es endlich was. Hör mal, was Moses jetzt sagt." Und Moses sprach sehr laut und eindringlich: „Und was es für ein Land ist, darin sie wohnen, ob es gut oder schlecht ist; und was es für Städte sind, in denen sie wohnen, ob sie in Zeltdörfern oder in festen Städten wohnen. Und wie der Boden ist, ob fett oder mager, und ob Bäume da sind oder nicht. Seid mutig und bringt mit von den Früchten des Landes. Die ersten Weintrauben müssten reif sein." (145) Die Ägypter sahen, wie sich die Gruppe auflöste. Josua und Kaleb, zwei von den ernannten Kundschaftern gingen an den beiden Ägyptern vorbei. Da sprach Shukran sie an: „Wir haben gehört, was Moses gesagt hat. Werden wir bald das gelobte Land erreichen?" Kaleb blieb stehen, schützte mit einer Hand seine Augen, um den Ägypter besser sehen zu können und sagte: „Ihr seid keine Hebräer und seht eher aus wie Ägypter. Doch auch ihr sollt wissen, wie das neue Land ist. Wenn wir wieder da sind, besucht uns ruhig, wir werden es euch erklären." Kaleb und Josua verabschiedeten sich mit den gewohnten Friedensgrüßen und gingen zu ihrem Stamm. Marik und Shukran freuten sich, doch bald ihr Ziel zu erreichen und machten einen langen Spaziergang um das ganze Zeltlager aller hebräischen Stämme. Vierzig Tage mussten sie allerdings warten, bis die Kundschafter aus dem Gebirge wiederkehrten. Menschentrauben begrüßten sie und jubelten. Die zwölf Männer aber liefen durch die Zeltstadt bis zum Zelt von Moses. Dort stand er auch schon und wartete auf seine Kundschafter. Marik und Shukran mischten sich unter das Volk und hörten aufmerksam zu. „Wir sind in das Land gekommen, in das ihr uns sandtet. Es fließen wirklich Milch und Honig darin. Und hier sind seine Früchte." Sie breiteten das viele Obst auf einem dunkelblauen Teppich vor den Füßen von Moses und Aaron aus. „Aber", sprach ihr Anführer, „das Volk ist stark, das darin wohnt, und die Städte sind befestigt und sehr groß." Ein anderer rief: Es wohnen die Amalekiter im Südland, die Hetiter und Jebusiter und Amoriter wohnen auf dem Gebirge, die Kanaaniter aber wohnen am Meer und am Jordan." (146) Die vielen Hebräer um die Kundschafter herum wurden unruhig und fingen an zu schimpfen. Kaleb versuchte die aufgebrachte Menge zu beruhigen: „Lasst uns hinaufziehen und das Land einnehmen, denn wir können es überwältigen." (147) Die anderen Kundschafter aber ereiferten sich und riefen aufgeregt: „Wir können nicht hinaufziehen und gegen die Völker kämpfen, sie sind viel zu stark. Die fressen ihre Bewohner, und sie sind sehr groß und lang. Wir sahen dort Riesen, Anaks Söhne aus dem Geschlecht der Riesen. Für sie sind wir wie Heuschrecken." Nun entwickelten sich regelrecht Tumulte. Die fingen sie an zu weinen und zu jammern. Sie beklagten sich bei Moses und Aaron, warum man sie aus Ägypten herausgeführt hätte. „Wir wollen wieder zurück!" riefen viele. „Last uns einen neuen Führer wählen und zurückgehen!" Nun versuchten Josua und Kaleb das Volk umzustimmen: „Das Land ist gut und Gott ist bei uns und nicht bei den anderen. Wir wollen sie wie Brot auffressen. Fürchtet euch nicht." Aber es half nichts. Das Volk wurde langsam wütend, glaubte eher den anderen Kundschaftern, und rief: „Steinigt die beiden!" (148) Die Menschenmenge machte sich auf zur Stiftshütte, über der, wie gewohnt, die undurchdringliche dunkle Wolke lag, was so viel bedeutete, Gott der Herr ist anwesend. Vor der Stiftshütte stand Moses und erwartete bereits sein Volk. Er hörte Ihre Rufe nach Steinigung von Kebal und Josua, die ihn und den Herrn verteidigt hatten. „Warum führt uns der Herr in dieses Land, damit wir durchs Schwert fallen und unsere Frauen und Kinder ein Raub werden?" Überall Rufe und Gejammer. Da hob Moses seine Arme gen Himmel und rief: „Ich werde mit dem Herrn sprechen. Wenn ich euch verstanden habe, wird er euch auch verstehen." Er drehte sich um und betrat würdevoll das Zelt Gottes. Nach langen Minuten kehrte Moses aus dem Zelt zurück und rief in ruhigem Ton: „Kebal und Josua, meine Knechte, die im Sinne des Herrn gesprochen haben, sollen hier bleiben, die anderen Kundschafter, die unsere Feinde im Gebirge als zu übermächtig beschrieben haben, sollen das Lager verlassen." Als die Kundschafter dies hörten, packten sie ihre Sachen und verließen die große Zeltstadt der Hebräer. Gleichzeitig murrte das Volk und machte sich auf den Weg zum Gebirge. Doch Moses warnte sie: „Geht nicht aufs Gebirge, der Herr ist nicht bei euch, dass ihr nicht geschlachtet werdet von euren Feinden." (149) Doch ein Teil das Volkes folgte nicht den Anweisungen Moses und marschierte mit allen Waffen, die sie bei sich hatten, auf das gefürchtete Gebirge. Die Stiftshütte mit der dunklen Wolke, Moses, Aaron und die beiden Knechte Moses, Kebal und Josua blieben zurück. Es waren nur wenige Tage vergangen, da kamen die ersten Gerüchte, die sich schnell bestätigten. Alle Kundschafter, die die Feinde als übermächtig geschildert hatten, waren durch eine Plage gestorben, die Kämpfer, die ins Gebirge der Feinde gezogen waren, wurden von dem Amalekiter und Kanaanitern geschlagen und bis Horma zersprengt. (150) Marik und Shukran saßen in ihrem Zelt und unterhielten sich: „Lass uns doch einmal kurz überlegen, was wir da erlebt haben", begann Marik. „Die Kundschafter außer den

Knechten von Moses, also Kebal und Josua, sind umgekommen. Moses hatte sie dafür, dass sie so übertrieben hatten, ohne es ihnen zu sagen, quasi in die Wüste geschickt. Sein Gott wird es ihm wohl befohlen haben. Und viele Hebräer wollten nun endlich ins gelobte Land und hörten nicht auf Moses." „Genau", bestätigte Marik seinen Freund. „Sie zogen in das Land der Amalekiter, aber ohne dass ihr Gott sie begleitete." „Darum mussten auch sie sterben." „Ich kann nur sagen: Es ist gut, dass wir uns da heraushalten." Shukran dachte nach und sagte im Flüsterton: „Hast du mitbekommen, was die Leute noch erzählen?" „Nein", stutze Marik „du weißt doch, dass ich noch nicht so fließend hebräisch kann." „Moses soll den Auftrag von seinem Gott bekommen haben, das Volk wieder zurück zum Schilfmeer zu führen und es vierzig Jahre durch die Wüste zu treiben, bis alle, die den Anweisungen ihres Gottes nicht gefolgt sind, zerrieben und tot sind. Nur deren Kinder sollen in das gelobte Land gelangen." (151) Marik schlug die Hände über dem Kopf zusammen und begann zu weinen. Er wähnte sich doch schon am Ende seiner Reise.

STRAFE FÜR SABBATSCHÄNDUNG

Mit dem Bewusstsein dieser ungewissen Zukunft schlenderten Marik und Shukran durch die unüberschaubare Zeltstadt und unterhielten sich. Plötzlich hörte sie Schreie. Sie kamen aus der Wüste und der Wind verstärkte noch die fürchterlichen Rufe. Shukran fragte einen Hebräer, der ihm entgegenkam: „Entschuldige, hörst du auch diese Schreie?" „Ja", antwortete der Fremde, wirkte aber gar nicht aufgeregt. „Was ist denn da los?" fragte Marik nun den Mann, der sein Gesicht mit einem weißen Tuch vor dem sandigen Wind schützte. „Vor dem Tor der Zeltstadt wird jemand gesteinigt!" Marik zuckte zusammen und Shukran bohrte weiter: „Was hat er den verbrochen?" Der Fremde schien sich über die Frage zu wundern und antwortete gelangweilt: „Es ist Sabbat. Und der Mann hatte draußen Holz gesammelt." Worauf Marik fragte: „Ist das denn ein Verbrechen?" Entrüstet antwortete der Hebräer: „Es ist Sabbat. Da darf man nicht arbeiten. Das ist Gottes Gebot. Das weiß doch jeder. Dass er gesteinigt wird, hat Moses angeordnet, der zuvor den Herrn gefragt hatte, wie man jemanden bestrafen soll, der am Sabbat arbeitet." (152) Marik schluckte: „Letztendlich hat die Steinigung also euer Gott befohlen?" „Ich hoffe, dass das keine Frage war!" empörte sich der Hebräer. „Nein, nein, beschwichtigte Shukran. „ Mein Freund Marik kann nur noch nicht so gut eure Sprache."

KORACHS AUFRUHR

Korach war der Ur-Enkel von Levi. Die Leviten hatten die höchste Priesterweihe und waren bei den Israeliten sehr anerkannt. Korach versammelte zweihundertfünfzig angesehene Männer und zog mit ihnen zu Moses. Als sie alle vor ihm standen, erhob Korach das Wort: „Moses, wir alle hier sind genauso heilig wie du. Aber du erhebst dich über uns." Moses wandte sich irritiert ab und sagte: „Ich werde mit dem Herrn reden. Er soll entscheiden, wer hier heilig ist und wer nicht." (153) Er verschwand in der Stiftshütte des Herrn, über der die dunkle Wolke stand, obwohl es windig war. Nach einer Weile kam Moses wieder aus dem Gotteszelt, hob seine Arme und sprach zu den zweihundertfünfzig Männern, die auf ihn gewartet hatten: „Ihr Söhne Levis, ihr wisst, dass ihr zu weit geht. Aber der Herr wird entscheiden wer heilig ist. Jeder von euch nehme eine Pfanne, lege Feuer und Räucherwerk hinein. Danach wird der Herr sich richten und entscheiden." Und so geschah es am nächsten Morgen. Moses, Aaron und die vielen Männer hatten ihre Pfannen geholt, mit Feuer und Räucherwerk ausgestattet, angezündet und sich vor der Stiftshütte versammelt. Dieser Aufruhr hatte sich im Volk schnell herumgesprochen und sie waren alle gekommen, dem Schauspiel beizuwohnen. Moses war wieder im Gotteszelt und als er herauskam, rief er der Menge zu: „Israeliten, geht in eure Zelte zurück und wendet euch von diesen Männern ab, sodass keiner in deren Nähe bleibe. Dann werdet ihr erkennen, dass diese Leute den Herrn gelästert haben!" (154) Und plötzlich zerriss die Erde unter ihnen und tat ihren Mund auf und verschlang sie mit ihren Sippen, mit allen Menschen, die zu Korach gehörten und mit all ihrer Habe. Und sie fuhren lebendig zu den Toten hinunter, und die Erde deckte sie zu, und sie kamen um, mitten aus der Gemeinde heraus. Und ganz Israel, das um sie her war, floh vor ihrem Geschrei, denn sie dachten, dass die Erde sie auch verschlinge. Und Feuer fuhr aus von dem Herrn und fraß die zweihundertfünfzig Männer, die das Räucherwerk opferten. (155) Völlig verschreckt und voller Todesangst hatten sich Marik und Shukran in ihr Zelt geflüchtet. Am kommen Tag hatte sich der Qualm verzogen und die Erde sich wieder geschlossen. Shukran wagte sich als erster wieder aus dem Zelt, kam aber schon nach wenigen Minuten wieder zurück. Marik schaute ihn fragend an, worauf Shukran erklärte: Man sammelt die vielen Kupferpfannen und schmelzt sie zu einer großen Fläche, die über den Altar gelegt werden soll." „Was hat das zu bedeuten?" fragte Marik. „Das soll alle Israeliten daran erinnern, sich nicht mit einer Räucherpfanne dem Herrn zu nähern, auf dass es ihnen nicht so ergehe wie Korach und seinen Männern."

EMPÖRUNG DER GANZEN GEMEINDE

Wenn aber Shukran und Marik geglaubt hätten, dass der Spuk nun ein Ende gefunden hätte, so haben sie sich gewaltig getäuscht. Denn das israelitische Volk kam wiederum zusammen und stellte sich vor die Stiftshütte des Herrn und beschwerte sich lauthals über den Tod so vieler Israeliten: „Ihr habt des Herrn Volk getötet …" (156) Noch während sie sich beschwerten, fielen die ersten unter ihnen tot um. Moses nahm seine Kupferpfanne, entzündete ein kleines Feuer und rannte aufgebracht durch die Menge. Da fielen keine weiteren Menschen mehr tot um. Moses räucherte zusammen mit Aaron die Menge ein und dann standen sie zwischen den Lebenden und den Toten. Als Aaron wieder zum Eingang der Stiftshütte kam, war die Plage Gottes zu Ende. Die Plage war zwar zu Ende, aber es war kein Ende ohne Schrecken. An dieser Plage waren vierzehntausendsiebenhundert Menschen gestorben ohne diejenigen gerechnet, die bereits mit Korach gestorben waren. (157) Marik und Shukran, unsere beiden ägyptischen Flüchtlinge hatten sich verängstigt in ihr Zelt zurückgezogen. „Wir dürfen auf keinen Fall den Fehler machen und uns über die Vorgaben und Maßnahmen ihres Gottes beschweren, sonst ereilt uns noch dasselbe Schicksal wie den vielen Tausenden der Hebräer, die mit ihrem Gott nicht einverstanden waren." Marik nickte und schwieg.

UMWEGE UND SIEGE

Marik und Shukran hatten mal wieder ihr Zelt abgebrochen und waren mit den Israeliten weitergezogen. Nach einigen Tagen lagerte das Volk am Berg Hor. (158) „Schaut", rief ein alter Mann und zeigte mit seinem Stock auf den Berg. Dort geht Moses mit seinem älteren Bruder Aaron und dessen Sohn den Berg hinauf. „Was hat das zu bedeuten?" fragte Shukran den alten Mann. „Ich bin bald einhundert und mein Leben wird auch in der Wüste enden. Ich habe schon lange gespürt, dass es ebenso mit Aaron bald zu Ende gehen wird. Und jetzt geht er mit seinem Sohn Eleasar und seinem Bruder Moses den Berg hinauf zum Sterben." Shukran und Marik schauten den Mann entsetzt an. „Wer bist du, dass du das weißt", fragte ihn Marik unverblümt. Er konnte es nicht glauben, dass ein Mann zum Sterben einen Berg besteigt. „Mein Name ist Menachem. Es bedeutet so viel wie Trost. Ich bin Schriftgelehrter und helfe Moses beim Schreiben." „Moses schreibt?" Shukran wusste mit dieser Erklärung nichts anzufangen. „Moses hat am Hofe des Pharao lesen, schreiben und rechnen gelernt. Er kennt die ägyptischen Gesetze und alle Schriften. Er hat ja auch das israelitische Volk gezählt und hat angefangen, sein Leben seit seiner Kindheit bis heute aufzuschreiben." „Darum weißt du auch, dass Moses nun mit seinem Bruder zum Berg hinaufgeht und dass Aaron sterben wird?" „Ja, so ist es", antwortete Menachem und setzte sich langsam auf einen flachen Stein, wobei er sich an seinem Wanderstab festhielt. „Kannst du uns auch sagen, welchen Weg wir gehen.

Wir wollen doch auch endlich ins gelobte Land, wo Milch und Honig fließen." „Ihr habt gemerkt, dass wir einen Umweg gegangen sind. Die Edomiter haben uns den Durchzug verweigert, sodass Moses um sie herum laufen wird. Das wird uns viele weitere Wochen gekostet. (159) Marik und Shukran bedankten sich höflich bei dem Greis und zogen sich zurück, um ihr Zelt wieder aufzubauen. Nach wenigen Tagen hörten sie, wie die Hebräer anfingen zu weinen. Aaron war tatsächlich gestorben und das Volk trauerte dreißig Tage lang. Doch bald danach mussten sie wieder ihr Zelt abbrechen. Das Volk Israel zog weiter ins Südland. Dort stellten sich die Kanaaniter in den Weg. Doch hier schlug Moses keinen Umweg ein. Marik und Shukran hatten sich mit der Zeit mit Menachem, dem hebräischen Greis, angefreundet und suchten ihn in seinem Zelt auf. Er sagte nur: „Wir werden kämpfen. Gott, der Herr, ist bei uns und wir werden siegen." Und so geschah es auch. Zuerst nahmen zwar die Kanaaniter etliche Israeliten gefangen, aber dann schlug Israel die Kanaaniter und nahmen ihre Städte ein. Marik und Shukran hatten nun Menachem zu sich ins Zelt zu einem heißen Pfefferminztee eingeladen. Sie hatten erkannt, dass sie viel von Menachem erfahren würden. „Wir sind jetzt im Südland. Wisst ihr, was das bedeutet?" fragte der Alte. Marik und Shukran schüttelten den Kopf. „Also, ich weiß aus den Schriften vom Moses, dass bereits Abraham, unser

Gründervater, im Südland unter Abimelech, dem König von Gerar, als Fremdling lebte. (160) Dieser König hatte ihn reich gemacht." (161). „Dann waren die Israeliten eigentlich schon mal hier?" fragte Marik. „So war es und so ist es", antwortete der Alte. „Aber warum ist dann Abraham mit seiner Sippe wieder ausgewandert?" fragte nun Shukran. „Soviel ich weiß", meinte Menachem, „hatte es eine Hungersnot gegeben, sodass Abraham nach Ägypten gezogen war." (162) Marik und Shukran waren regelrecht neugierig geworden. „Jedenfalls", sagte Marik, „brauchen wir keinen weiteren Umweg mehr, da wir, damit meine ich natürlich die Israeliten, die Kanaaniter vernichtet haben." „Ja, das ist schon richtig. Aber als alter Mann und Schriftgelehrter habe ich so meine Zweifel." Die ägyptischen jungen Männer horchten auf. „Wir, Israel, sind das auserwählte Volk des Herrn. Moses schreibt aber, dass die ganze Menschheit von Noah und seiner Familie abstammt und der Enkel von Noah war ein gewisser Kanaan, der Urvater der Kanaaniter." (163) „Dann sind letztendlich die Kanaaniter Verwandte von Moses, die nun vernichtet worden sind?" „Ja, so steht es geschrieben, also hat Moses es geschrieben und der Herr hatte es ihm diktiert."

DIE EHERNE SCHLANGE

Doch bald hieß es, wieder aufzubrechen. Und Moses hatte die Richtung vorgegeben: Zurück zum

Schilfmeer. (164) Da brachen sie nun alle wieder auf und die jungen Ägypter begleiteten Menachem. Sie stützten ihn immer wieder und halfen ihm auf die Beine. Nicht nur für die Alten war der Weg beschwerlich. Das Volk fing an, unruhig zu werden und die ersten beklagten sich und riefen Moses herbei. „Warum hast du uns aus Ägypten geführt, auf dass wir hier in der Wüste sterben? Wir haben kein Brot. Wasser ist auch nicht da und uns ekelt es vor dieser mageren Speise." (165) Marik sah Shukran skeptisch an und meinte während des Laufens: „Ich kann die Hebräer mehr als gut verstehen!" Plötzlich schrie er auf: „Passt auf, Shukran und Menachem, da sind überall Schlangen!" Shukran zog blitzschnell den Greis zur Seite, der fast von einer Schlange gebissen worden wäre. „Es sind so viele Schlangen auf einmal, die kann nur unser Gott, der Herr, geschickt haben, weil das Volk wieder anfing, sich zu beschweren. Wie so oft." Da sahen sie schon die ersten, die zu Moses rannten und riefen: „Wir haben gesündigt. Das sehen wir ja ein, aber bitte den Herrn, die Schlangen wieder wegzunehmen!" (166) Moses ging direkt zur Stiftshütte und als er wieder erschien, hielt er eine Stange in der Hand, an der eine eherne Schlange sich hochschlängelte. Da kamen all die Hebräer, die von einer Schlange gebissen worden waren, schauten die eherne Schlange an und blieben am Leben. Viele hunderte waren schon an den Schlangenbissen gestorben. (167) Marik, Shukran und Menachem hatten das Glück, nicht gebissen worden zu sein. Sie hatten die Schlangen rechtzeitig gesehen. Menachem setzte sich erschöpft auf den sandigen Boden, wobei er sich an seinem Wanderstock festhielt und sagte: „Das Volk murrt und der Herr schickt eine todbringende Plage. So ist das Prinzip."

DAS SCHICKSAL DER AMORITER

Viele Tage später stoppte der riesige Tross der Israeliten. Es war noch früh am Tag, also nicht Zeit, an diesem Ort das Lager aufzuschlagen. Marik und Shukran gingen durch das Lager und suchten Menachem. Vielleicht wusste er, warum es nicht weiterging. Menachem hatte sie schon von weitem gesehen und kam ihnen entgegen. „Menachem, was ist los, warum geht es nicht weiter. Die Sonne steht fast senkrecht und es ist unerträglich heiß?" fragte Shukran. „Kommt mit zu mir, meine Knechte haben das Zelt schon aufgebaut, da können wir uns vor der Sonne schützen." Im Zelt begann Menachem an zu erzählen: „Es ist nicht mehr weit bis nach Moab und Median. Aber auf dem Weg nach Kanaan liegt jetzt noch das Gebiet der Amoriter. Moses hat Boten zum König der Amoriter geschickt, um die Erlaubnis zu bekommen, durch deren Land zu ziehen. Ich gehe davon aus, dass der König Sihon, der König der Amoriter den Nachkommen Abrahams den Durchzug nicht verwehren wird." „Wie kommst du darauf. Die Edomiter haben uns den Durchgang ja auch verweigert und wir mussten einen riesigen Umweg machen." „Das hast du Recht, aber ich weiß aus den Schriften von Moses, dass damals Abraham bei den Amoritern gewohnt hat. (168) Sie waren mit Abraham im Bund." Die drei ungleichen Männer hockten zusammen, aßen getrocknetes Manna, das nach Honig schmeckte und Datteln, die schon ziemlich hart geworden waren. Doch Menachem hatte sich getäuscht. Die Amoriter verweigerten den Israeliten nicht nur den Durchgang, sondern zogen ihre Soldaten zusammen und gingen den Israeliten entgegen. Die Israeliten waren schon kriegsbereit. Von weitem konnte man die Schlachtrufe und Schreie hören. Israel schlug die Amoriter mit der Härte des Schwertes. (169) Die Schlacht war geschlagen. Marik und Shukran zogen zusammen mit den Israeliten in die leergefegten Städte der Amoriter und ließen sich häuslich nieder. Auf der Straße trafen sie wieder den alten Menachem. Er saß vor einem Hauseingang und schien zu schlafen. Aber er hob seinen Kopf, als er die beiden Ägypter erkannte: „Hallo, schön euch hier zu treffen." „Menachem, sei gegrüßt. Du wirkst nachdenklich", sagte Marik. „Kommt, setzt euch. Das Land der Amoriter, was wir jetzt eingenommen haben, reicht bis an den Fluss Jabbok. Ich habe mich an den Flussnamen erinnert, weil Moses ihn erwähnt hatte. Das solltet ihr eigentlich auch wissen, woher der Name Israel kommt." Die jungen Männer setzten sich und hörten aufmerksam zu, wie Menachem erzählte, dass damals Jakob mit Gott im Fluss Jabbok die ganze Nacht gekämpft und dann gewonnen hatte und Gott den Jakob umgetauft hatte in den Namen Israel, was so viel heiß wie Gotteskämpfer. Menachem wohnte nun in einem von den Amoritern zwangsweise verlassen Haus und lud die Ägypter ein, bei ihm zu übernachten. Aus einer Nacht wurden viele. Eines Tages versammelten sich wieder kampferprobte israelische Männer und zogen in einer großen Horde nach Beschan, das auch einen König hatte. Als sie nach gut einer Woche zurückkamen, standen Menschenmengen auf den städtischen Plätzen und hörten den Kämpfern gespannt zu. „Wir sind ihnen furchtlos entgegengetreten, denn der Herr stand auf unserer Seite", riefen sie aufgeregt, „und wir haben sie alle geschlagen, das ganze Kriegsvolk, all ihre Söhne, bis keiner mehr übrigblieb und haben das ganze Land eingenommen!" (170)

PINHAS

Wochen vergingen und die nicht mehr jungen Ägypter saßen wie gewohnt im Hause des Menachem und lauschten seinen spannenden Erzählungen. Die Gegenden um die von den Amoritern eingenommenen Städte waren von die Moabitern und Medianitern bewohnt. Auch diese Stämme waren Nachfahren Noahs und Terachs, des Vaters von Abraham. Immer mehr junge Männer der Israeliten bändelten mit ihren hübschen

Nachbarinnen aus Moab und Median an. Ihre Götter schienen ihnen nicht so zu sein wie ihr eigener Gott, denn sie begannen, diese anderen Götter zu verehren. Es entstanden zudem ein lebhafter Handel und ein unbeschwertes Miteinander. Wie der Zufall es wollte, befand sich das Haus, übrigens ein sehr schönes altes Amoriterhaus, das Haus von Moses und seiner Frau Zippora, neben der neuen Unterkunft von Menachem und den beiden Ägyptern. Eines Abends, die drei Männer saßen wieder gemütlich beisammen, kam Zippora (171) durch die offene Tür in ihr Haus gerannt. Menachem wollte gerade die Geschichte um Sodom und Gomorra erzählen, da schrie Zippora dazwischen: „Ich halte es zuhause nicht mehr aus. Ich habe mich mit Moses fürchterlich gestritten." „Komm setzt dich erst einmal und beruhige dich", beschwichtigte Menachem die alte Dame. Sie war aufgebracht, aber setzte sich doch auf ein Kissen, das vor den Männern auf dem weichen Teppich lag. Marik und Shukran schauten sie nur mit geöffneten Mündern an. Zippora fing an zu weinen: „Ihr kennt doch Pinhas, den Enkel von Aaron. Der Herr habe ihn selig. Pinhas ist ja auch Priester und sehr gottesfürchtig." „Ja, das wissen wir", bestätigte Menachem die Frau, die immer noch nach Luft schnappte. „Dann wisst ihr ja auch, dass viele Israeliten zum moabitischen Gott Baal-Peor übergelaufen sind, der auch von den Medianitern verehrt wird." „Natürlich", sagte Marik, „wegen der hübschen Frauen in diesen Stämmen." Shukran und Menachem mussten schmunzeln. „Ich finde das gar nicht lustig", ereiferte sich Zippora. „Denn Moses hat mit Gott gesprochen und dann unseren Richtern befohlen, alle Leute aus dem eigenen Umfeld, die sich dem anderen Glauben zugewandt haben, zu töten. Aber das Drama, das ich mit ansehen musste, geschah vor der Stiftshütte. Die Leute weinten und Moses stand dabei. Da kam ein Israelit mit einer Medianitern Hand in Hand und ging mit ihr quer durch die Meute in sein Haus. Das hatte Pinhas, der Enkel von Aaron, ebenfalls so etwas Ähnliches wie ein Richter, und rannte mit einem Spieß bewaffnet hinter den beiden her in das Haus des Pärchens. Als ich dann die Schreie hörte, schrie ich Moses an, aber es war schon zu spät. Pinhas hatte sowohl den israelitschen Mann als auch die Junge Medianiterin erstochen. Sie war doch aus meinem Stamm, meiner Familie. Dann habe ich Moses angeschrien, dass ich auch eine Medianiterin bin, die er geheiratet hat. Aber darauf ging er nicht ein. Er sagte nur, dass jetzt die Plage Gottes, die nach und nach alle Israeliten hinraffte, nun beendet sei. (172)

LOT

Die Israeliten blieben sehr lange in den Städten der Amoriter. Zippora war bei ihrem Mann Moses geblieben. Die Ägypter hatten sich im Hause Menachem eingerichtet und einen weiteren jungen

Israeliten aufgenommen. Er hieß Abiram und war ein gelehriger Schüler Menachems. Als sie alle vier wieder beieinander saßen, begann Menachem so: „Abiram, höre gut zu, und ihr dürft natürlich auch gut zuhören, aber Abiram soll später an meiner Stelle Moses Schreiber sein. Wo waren wir stehen geblieben?" Abiram antwortete sofort, während Marik und Shukran noch überlegten: „Es ging um Lot, den Neffen von Abraham. Gott, der Herr, hatte von dem Geschrei der Menschen in Sodom und Gomorra gehört und war zornig wegen der ihm zugetragenen Sünden in diesen Städten." „Ja", sagte Menachem und fuhr fort: „Abraham wusste, dass Lot, sein Neffe, in Sodom lebte und bat Gott, dass er ihn doch retten möge. Also schickte Gott zwei Engel zu Lot. Lot, ein freundlicher Gastgeber, lud die beiden jungen Männer zu sich ein und beköstigte sie reichlich. Er wusste nicht, dass es Engel waren. Der Nachbarschaft gefiel dieses Entgegenkommen Lots überhaupt nicht und so belagerte sie sein Haus. Lot hatte seinen beiden Gästen versprochen, das sie bei ihm sicher seien, aber der Mob vor seinem Hause wurde immer aggressiver und Lot bekam es mit der Angst zu tun. Er öffnete seine Haustür einen kleinen Spalt und rief in die aufgebrachte Menge, die nur aus Männern bestand: „Seht, ich habe zwei Töchter, die wissen noch von keinem Manne, die will ich herausgeben unter euch, und tut mit ihnen, was euch gefällt; aber diesen Männern tut nichts, denn darum sind sie unter den Schatten meines Dachs gekommen." Da zerrte die Meute an den Kleidern von Lot, um ihn heraus zu ziehen. Fast hätten sie die Tür aufgebrochen, da schlugen die beiden Engel die Angreifer mit Blindheit, sodass sie nicht einmal mehr die Tür fanden. (173) Lot, seine Frau und die beiden Töchter konnten dann Sodom verlassen und wanderten das Gebirge hoch, um die nächste Stadt zu erreichen. Aber, und das hatten ihnen die Engel des Herrn verboten, durften sie sich nicht umschauen. Doch nach einigen Stunden des Bergsteigens verdunkelte sich der Himmel in nur wenigen Minuten. Der Herr ließ Schwefel und Feuer regnen auf Sodom und Gomorra und vernichtete die Städte und die ganze Gegend und alle Einwohner und was auf dem Lande gewachsen war. Die Neugier der Frau Lots wurde aber so mächtig, dass sie sich umschaute und sofort zur Salzsäule erstarrte." (174) Marik und Shukran verschlug es erst einmal die Sprache. Dann fasste sich Shukran und fragte Menachem: „Ich weiß zwar nicht, welche Sünden die Einwohner von Sodom und Gomorra begangen haben, aber was ist mit den vielen Kindern und den Tieren, die konnten doch nun wirklich nichts dafür?" „Soll ich die Frage auch aufschreiben?" fragte Abiram unschuldig. „Nein", antwortete Menachem, „das lassen wir lieber weg." „Aber was ist denn aus Lot und seinen Töchtern geworden", fragte Marik. „Nun", meinte Menachem, „Ihr könnt euch vorstellen, dass diese Katastrophe bei Lot nicht ohne Wirkung blieb.

Er flüchtete mit seinen Töchtern ins Gebirge und lebte mit ihnen in einer Höhle. Sie lebten von dem, was ihnen die Natur bot, ja Lot konnte sogar aus wilden Trauben Wein herstellen. In ihrer Einsamkeit kamen die beiden jungen Frauen auf sehr ungewöhnliche Ideen. Die ältere sagte eines Abends: „Unser Vater ist alt und kein Mann ist mehr im Lande, der zu uns eingehen könnte nach aller Welt Weise. So komm, lass uns unseren Vater Wein zu trinken geben und uns zu ihm legen, dass wir uns Nachkommen schaffen von unsrem Vater." Da gaben sie ihrem Vater Wein zu trinken und die erste ging hinein und legte sich zu ihm; und er ward's nicht gewahr, als sie sich legte noch als sie aufstand. (175) In der kommenden Nacht legte sich auch die jüngere Tochter zu ihrem Vater, der wieder nichts merkte. So wurden die beiden Töchter von Lot schwanger. Die ältere gebar einen Sohn und nannte ihn Moab." „Und von ihm stammen all die Moabiter ab?" fragte Marik. „So ist es, mein Sohn", antwortete Menachem. „Und wie hieß das Kind der Jüngeren?" fragte darauf Marik. „Ihren Sohn nannte sie Ben-Ammi. Von dem kommen die Ammoniter", vervollständigte Menachem seinen Vortrag. (176) „Soll ich diese Geschichte denn in das Buch von Mose aufnehmen?" fragte Abiram wieder. „Aber natürlich, Abiram, sie gehört zu den Büchern Moses. Schreibe bitte alles so auf, wie ich es dir diktiere, denn ich kann nicht mehr so gut sehen. Ich möchte meine Augen schonen, denn ich will bald ins Südland und über den Jordan gehen. Ich will am Ende meines Lebens einmal das gelobte Land sehen."

DAS ENDE DER MEDIANITER

Zippora, die Ehefrau Moses, konnte sich nicht beruhigen, denn Moses ging auf das Ende seines Lebens zu. Ein letztes Mal war er in die Stiftshütte des Herrn gegangen und hatte danach die Stammesältesten zusammen gerufen. Sie versammelten sich vor dem Hause des Moses. Menachem und Abiram saßen draußen mit dem Rücken an der Hauswand und Menachem diktierte seinem Schüler, was er sah und von Moses hörte. Die Versammlung wurde schnell aufgelöst und es wurde laut in der Stadt, alle redeten und das Stimmengewirr dröhnte bis in das Haus, in dem sich Shukran und Marik aufhielten. Sie gingen hinaus und fragten Menachem, was denn nun wieder los sei. „Moses hat die Ältesten beauftragt, aus jedem der zwölf Stämme je tausend kampfgeübte Männer auszuwählen, damit sie gegen die Medianiter kämpfen." Und da kamen auch schon die ersten und an ihrer Spitze Pinhas, der Enkel Aarons. Alle waren bis an die Zähne bewaffnet und sie zogen los ins Land die Medianiter. Als die Ägypter dies hörten, rannten sie direkt wieder in ihr Haus, um nicht auch eingezogen zu werden. Nach wenigen Tagen entstanden in der Stadt wieder Tumulte ungeheuren Ausmaßes. Die Israeliten waren zurückgekehrt, hatten alles, was männlich war und deren Könige getötet oder mit dem Schwert hingerichtet. Moses war auch aus seinem Haus gekommen und ging mit seinen Gefolgsleuten den Soldaten entgegen. Die Kämpfer prahlten, dass sie die ganzen Städte und Zeltdörfer der Medianiter zerstört und vernichtet hätten. In ihrem Tross hatten sie die Frauen und Kinder dabei, die sie gefangen genommen hatten und das ganze Vieh, alles an Gold und Silber und legten es zu Füßen von Moses. Marik und Shukran standen ganz in der Nähe und konnten es kaum glauben, was Moses sagte, als er die Menge an Frauen und Kinder sah. „Warum habt ihr alle Frauen leben lassen? Es waren doch die Frauen, die unsere Männer zur Sünde verführt haben, sodass der Gemeinde des Herrn eine Plage widerfuhr? Geht los und tötet nun alles, was männlich ist unter den Kindern und alle Frauen, die nicht mehr Jungfrauen sind, aber alle Mädchen, die unberührt sind, die lasst für euch leben." (177) Menachem nickte Abiram zu und er schrieb alles auf.

UNGEHORSAME SÖHNE

Selbst Menachem hatte sich die Ohren zugehalten, wie auch Abiram, Marik und Shukran, als sie die entsetzlichen Schreie der Kinder und Frauen vor dem Lager hörten. Sie brauchten Tage, bis sie wieder miteinander reden konnten. Eines Abends saßen sie wieder beim Tee zusammen und Menachem las die neuen Gesetze vor, die Moses aufgeschrieben und seinem Volk mitgeteilt hatte. Bei einem von den über sechshundert neuen Gesetzen horchte besonders Abiram auf, als Menachem wörtlich zitierte: „ Wenn jemand einen widerspenstigen und ungehorsamen Sohn hat, der der Stimme seines Vaters und seiner Mutter nicht gehorcht und auch, wenn sie ihn züchtigen, ihnen nicht gehorchen will, so sollen ihn Vater und Mutter ergreifen und zu den Ältesten der Stadt führen und zu dem Tor des Ortes und zu den Ältesten der Stadt sagen: Dieser unser Sohn ist widerspenstig und ungehorsam und gehorcht unserer Stimme nicht und ist ein Prasser und Trunkenbold. So sollen ihn steinigen alle Leute, dass er sterbe, und du sollst so das Böse aus deiner Mitte wegtun, das ganz Israel aufhorche und sich fürchte." Es entstand eine lange Pause. Alle nippten noch mal an ihren Teetassen und Menachem sprach weiter: „Moses hat mir mitgeteilt, dass der Herr ihm nicht erlaubt, das gelobte Land zu sehen. Er wird bald sterben. Darum hat er seinem Volk befohlen, nach seinem Tod über den Jordan zu gehen, ins Land der Kanaaniter und dort alle Bewohner zu vertreiben, alle Götzenbilder zu zerstören, das Land einzunehmen und dort zu wohnen. Abiram wird helfen, alles genau aufzuschreiben, denn ich gehe morgen los, über den Jordan, um zu sterben." Amrum und Shukran waren fassungslos. Sogar Shukran stotterte: „Menachem, du warst unser bester Freund aus dem Volk der Hebräer und wir bedanken uns für alles und dafür, dass du uns so viel erklärt hast. Dieser Abschied tut uns weh, aber wen können wir jetzt noch fragen? Abiram, ja, das schon, aber er ist ja noch so jung und unerfahren. Uns wird dein fundiertes Wissen fehlen. Ich habe aber noch eine Frage, die mich schon seit langem beschäftigt." Menachem lächelte müde. „Nun frage, mein Freund." „Warum hat Gott, der Herr, das kleinste Volk auserwählt und nicht das größte? Und warum hat er nicht überall das Land so gemacht, so fruchtbar wie das gelobte Land Kanaan? Dann hätten die Israeliten nicht vierzig Jahre in der Wüste hin und her und im Kreis laufen müssen, wobei hunderttausende umgekommen und durch die Plagen ihres Gottes umgebracht worden sind?" Menachem lehnte sich zurück und dachte nach. „Shukran, auf deine zweite Frage habe ich keine Antwort, aber die erste Frage ist eindeutig durch Gott selbst beantwortet: Er hat das kleinste Volk geliebt." (178)

T E X T N A C H W E I S E

Alle Zitate sind der Lutherbibel von 1991 der Deutschen Bibelgesellschaft, Stuttgart, entnommen. Sie dienen als Beweise, dass alle Hinweise korrekt sind. Andere Bibeln können Abweichungen enthalten.

(01)	1. Mose	5, 2
(02)	1. Mose	2, 17
(03)	1. Mose	3, 5
(04)	1. Mose	3, 4
(05)	1. Mose	3, 12
(06)	1. Mose	3, 13
(07)	1. Mose	3, 16
(08)	1. Mose	3, 19
(09)	1. Mose	3, 24
(10)	1. Mose	4, 3
(11)	1. Mose	4, 4
(12)	1. Mose	4, 5
(13)	1. Mose	4, 6
(14)	1. Mose	4, 5
(15)	1. Mose	4, 7
(16)	1. Mose	3, 8
(17)	1. Mose	1, 29
(18)	1. Mose	4, 10
(19)	1. Mose	4, 11
(20)	1. Mose	4, 12
(21)	1. Mose	4, 17
(22)	1 .Mose	5, 3
(23)	1. Mose	5, 4

(24)   1. Mose 6, 2
(25)   1. Mose 5, 15
(26)   1. Mose 6, 3
(27)   1. Mose 6, 4
(28)   1. Mose 6, 5 u. 6
(29)   1. Mose 6, 7
(30)   1. Mose 6, 21
(31)   1. Mose 7, 1
(32)   1. Mose 7, 7
(33)   1. Mose 7, 23
(34)   1. Mose 7, 24
(35)   1. Mose 9, 11
(36)   1. Mose 9, 26
(37)   1. Mose 9, 29
(38)   1. Mose 11, 3
(39)   1. Mose 11, 6
(40)   1. Mose 11, 7
(41)   1. Mose 11 u. 12
(42)   1. Mose 17, 9 - 14
(43)   1. Mose 17, 6
(44)   1. Mose 16, 10 u. 11
(45)   1. Mose 17, 21
(46)   1. Mose 20, 12
(47)   1. Mose 35, 18
(48)   1. Mose 35, 32 - 36
(49)   1. Mose 27, 41 - 46
(50)   1. Mose 25, 29 - 34
(51)   1. Mose 27
(52)   1. Mose 32, 23 - 33

(53)	1. Mose	32, 31
(54)	1. Mose	35, 1
(55)	1. Mose	34, 30
(56)	1. Mose	34, 25
(57)	1. Mose	34, 28, 29
(58)	1. Mose	37, 20
(59)	1. Mose	37, 22
(60)	1. Mose	37, 27
(61)	1. Mose	37, 31
(62)	1. Mose	42, 9
(63)	1. Mose	33, 27
(64)	1. Mose	45, 2
(65)	1. Mose	45, 7
(66)	1. Mose	38, 1-30
(67)	1. Mose	32, 29
(68)	1. Mose	37, 26, 27
(69)	1. Mose	49, 10
(70)	1. Mose	50, 23
(71)	1. Mose	50, 16
(72)	1. Mose	3, 7
(73)	1. Mose	3, 8
(74)	1. Mose	3, 9
(75)	1. Mose	12, 10
(76)	1. Mose	1, 29
(77)	1. Mose	3, 20
(78)	1. Mose	3, 22
(79)	1. Mose	3, 13
(80)	1. Mose	3, 16
(81)	1. Mose	10, 6

(82)	2. Mose	4, 20
(83)	2. Mose	4, 24
(84)	2. Mose	4, 25
(85)	2. Mose	6, 13
(86)	2. Mose	7, 1
(87)	2. Mose	7, 2
(88)	2. Mose	7, 3
(89)	2. Mose	7, 10 - 12
(90)	2. Mose	8, 14
(91)	2. Mose	8, 15
(92)	2. Mose	9, 8 - 12
(93)	2. Mose	9, 11
(94)	2. Mose	9, 25
(95)	2. Mose	9, 28
(96)	2. Mose	10, 14
(97)	2. Mose	10, 29
(98)	2. Mose	12, 7
(99)	2. Mose	12, 35
(100)	2. Mose	12, 2
(101)	2. Mose	13, 3
(102)	2. Mose	14, 14
(103)	2. Mose	14, 22
(104)	2. Mose	14, 27
(105)	2. Mose	14, 30
(106)	2. Mose	15, 6
(107)	2. Mose	15, 11
(108)	2. Mose	14, 4
(109)	2. Mose	15, 25
(110)	2. Mose	16, 13

(140)	4. Mose	11, 4
(141)	4. Mose	11, 19 - 20
(142)	4. Mose	11, 32
(143)	4. Mose	11, 33
(144)	4. Mose	11, 35
(145)	4. Mose	13, 19 - 20
(146)	4. Mose	13, 28 - 29
(147)	4. Mose	13, 30
(148)	4. Mose	14, 10
(149)	4. Mose	14, 42
(150)	4. Mose	14, 45
(151)	4. Mose	14, 33
(152)	4. Mose	15, 32 - 36
(153)	4. Mose	16, 3
(154)	4. Mose	16, 31
(155)	4. Mose	16, 31 - 35
(156)	4. Mose	17, 6
(157)	4. Mose	17, 13
(158)	4. Mose	20, 22
(159)	4. Mose	20, 14 - 21
(160)	1. Mose	20, 1
(161)	1. Mose	20, 14
(162)	1. Mose	12, 10
(163)	1. Mose	9, 18 - 29
(164)	4. Mose	21, 04
(165)	4. Mose	21, 5
(166)	4. Mose	22, 7
(167)	4. Mose	21, 9
(168)	1. Mose	14, 12